带一本书
离开巴黎

李琦 著

陕西师范大学出版总社　西安

图书代号 WX25N0301

图书在版编目（CIP）数据

带一本书离开巴黎 / 李琦著. -- 西安：陕西师范大学出版总社有限公司, 2025.3. -- ISBN 978-7-5695-5361-1

Ⅰ. I106-53

中国国家版本馆 CIP 数据核字第 2025RD6023 号

带一本书离开巴黎

DAI YI BEN SHU LIKAI BALI

李琦 著

出 版 人	刘东风	
出 版 统 筹	曹联养　侯海英	
责 任 编 辑	景　明　宋丽娟	
责 任 校 对	王　森	
出 版 发 行	陕西师范大学出版总社	
	（西安市长安南路 199 号　邮编710062）	
网　　址	http://www.snupg.com	
印　　刷	西安市建明工贸有限责任公司	
开　　本	880 mm × 1230 mm　1/32	
印　　张	7	
字　　数	150 千	
版　　次	2025 年 3 月第 1 版	
印　　次	2025 年 3 月第 1 次印刷	
书　　号	ISBN 978-7-5695-5361-1	
定　　价	58.00 元	

读者购书、书店添货或发现印装质量问题，请与本公司营销部联系、调换。
电话：（029）85307864　85303635　传真：（029）85303879

序

站起来生活，坐下来写作

只要你在一个地方待的时间足够长，就一定会在身体上、精神上留下某种印迹。

更何况那个地方叫巴黎。

1921 年 12 月 20 日，新婚不久的海明威夫妇怀揣着对新生活的向往抵达巴黎。因为不久前在多伦多的一次晚宴上，美国小说家舍伍德·安德森对想当作家的欧内斯特说："没有比巴黎更适合学习写作的地方了。"此外，他还强调，由于汇率的缘故，一个美国人在巴黎能过上比在本土更好的生活。虽然在巴黎的五年时间，不管是住在勒穆瓦纳红衣主教路 74 号还是田园圣母院街 113 号，这对年轻夫妇的生活一直都过得很拮据，有时甚至食不果腹，但"饥饿是很好的锻炼"，它激励欧内斯特加倍勤奋地去创作，在精神上尽情享受巴黎带给他的"流动的盛宴"。这也是为什么海明威在去世前写的最后一部非虚构追忆作品的结尾，他无比怀念地写道："这就是我们年轻时的巴黎，那时我们很穷却很快乐。"

2019 年初春，刚去北京工作不到一年的李琦回南京大学考博，内心满是迷茫。我劝她不要轻易放弃经过严格考核层层选拔才得到的稳定工作，更何况这份工作应该经常有外派巴黎的机会，再没有比生活在巴黎更能满足一个人对法国文学和文化的热爱了。而且比起一名专业学者，作为一名普通读者或许更容易保持那份对文学纯粹的喜爱，没有科研压力的钻研反而可以在学术专业领域（且不只在这个领域）收获更多的乐趣。她默默抹了几滴眼泪，有点失落地坐高铁回北京上班。

2020 年 11 月，李琦比预期更早被外派到她心心念念的巴黎。虽然赶上了巴黎第二次封城，夜里实行宵禁，出门需填写证明，但下班后一盏孤灯闭门读书的日子依然美好而丰盈。11 月也是每年法国龚古尔奖、勒诺多奖、费米娜奖等重要奖项颁布的文学旺季，埋头读书的李琦很快有了热气腾腾的素材，开始给《文艺报》和《文学报》等国内报纸杂志写新书推介和文坛动态。

解封后，李琦用力挤出很多时间安排她想要的生活，报复性外出：看很多电影，听很多讲座，甚至重回课堂上法语课，修艺术史，看戏，学游泳，听音乐会，参加博物馆的工作坊……她用文字记录这一切，在豆瓣"每天晚上睡觉之前写下当天发生的 3 件好事"栏目里留下了近 500 个条目，每月的 25 日，她还会写一篇日记整理过去一个月的生活点滴。这一行为就是用自己的方式在挽回（拯救）一个个瞬间，和那个转瞬即逝的世界。

因为身在巴黎，她笔下对法国文学、电影、艺术的心得体会，是一种"在现场"的沉浸和见证，一种地理和精神的双重"漫游"。李琦说她很珍惜自己写的每一篇文章，因为工作之余的时间格外宝贵，而写作过程于她而言是"一丝喘息，一次逃离，一个固定点，一些成就感"，成就她曾经以为凉透了的"文学梦"。而她的努力和坚持也有了回报，2024 年底，她荣获《文学报·新批评》优秀评论奖。她说，她在巴黎寻找写作的声音——莫迪亚诺、安妮·埃尔诺、路易·阿拉贡、埃尔维·勒泰利耶、让-保罗·杜波瓦……找着找着，她渐渐有了属于她自己的声音，自己的风格。

《带一本书离开巴黎》记录了李琦四年的巴黎时光，用一句话概括就是"站起来生活，坐下来写作"。全书分为三部分：第一部分是文学，是阅读对她的锻造；第二部分是艺术，是观看对她的启发；第三部分是城市，是生活对她的馈赠。前两部分文章大多散见于报刊，在它们最初发表时我就已经读过。这次出版文集对李琦最大的挑战，或许是如何把这个七巧板拼成她想要的样子，又忍不住会去猜读者期待看到的样子。第三部分的文字对我而言是全新的，也是最鲜活，最有烟火气的。最让我忍俊不禁又感到匪夷所思的一件事是：李琦烤了一个榴梿比萨，邻居怀疑是她家燃气泄漏，叫来消防队破窗而入……

作为年轻时曾在巴黎学习生活过的我而言，书中那些熟悉的地名也让许多隐没的记忆慢慢浮出水面——穆夫塔尔街、卢森堡公园、克罗德·贝尔纳街、花神咖啡馆、奥德翁街、加尼叶歌剧院、奥尔纳诺大街、蓬皮杜艺术中心、奥赛博物馆……曾经的青涩和骄傲，那些"很穷却很快乐"的时光。

从来没有真正的离开，不管是文学，还是巴黎。

黄荭

2025年2月于和园

自序

流动的盛宴，永恒的巴黎

"迷惘的一代"

今天，提到巴黎，很多人会脱口而出："假如你有幸年轻时在巴黎生活过，那么你此后一生中不论去到哪里，她都与你同在，因为巴黎是一席流动的盛宴。"这句话出自欧内斯特·海明威的作品《流动的盛宴》。海明威和巴黎渊源颇深。1954 年，他凭借小说《老人与海》荣膺诺贝尔文学奖。同年 10 月，他途经巴黎，下榻在自己最喜欢的丽兹酒店。酒店把海明威于 1928 年寄存于此的两个箱子交还给他。海明威在箱子里找到了 1921 年至 1923 年期间他在巴黎写下的日记手稿。1964 年，他据此出版了半虚构半纪实作品《流动的盛宴》。

在巴黎生活期间，海明威是格特鲁德·斯泰因女士家的座上客。斯泰因生于 1874 年，1903 年移居巴黎，住在花园街 27 号。斯泰因本人也是一位了不起的作家，其作品致力于语言创新，对海明威的创作产生了深远的影响，她也被称作"海明威的导师"。作为"后现代主义文学之母"或"现代文学首席沙龙女主人"，斯泰因提出了"迷惘的一代"这样的称谓，在《太阳照常升起》一书的扉页上，海明威特别在题记中引用了这个称号。今天当你经过巴黎 5 区的勒穆瓦纳红衣主教街 74 号，你会看见一个标牌，上面介绍这栋楼的 4 层曾是海明威和其第一任妻子哈德莉于 1922 年 1 月至 1923 年 8 月住过的地方。旁边有一家名叫"一日电影"的影像店，橱窗里展示着和海明威这位作家生平相关的影片。

莎士比亚书店

在《流动的盛宴》中，海明威这样评价西尔维娅·毕奇："她和气、愉快、关心人，喜欢说笑话，也爱闲聊。我认识的人中间没有一个比她待我更好。"1887 年，毕奇出生于美国巴尔的摩，她一生的大部分时光在巴黎度过。1919 年她在巴黎创办了莎士比亚书店，旧址设在奥德翁街 12 号，这里一度成为"迷惘的一代"的聚集地之一。在生活拮据、没有余钱用来买书的年月里，海明威常常前往莎士比亚书店借书，对他而言，"在一条刮着寒风的街上，这是个温暖而惬意的去处"。

除了经营书店外，西尔维娅·毕奇还是一名出版商，她对包括海明威在内的作家非常关注和支持。1922 年，她顶着巨大的压力出版了詹姆斯·乔伊斯的长篇小说《尤利西斯》，助推了现代主义文学的发展。1941 年战争之际，毕奇因拒绝将乔伊斯的《芬尼根的守灵夜》卖给一名德国军官而遭到威胁，不得不将书店关门。在朋友帮助下，她把店里的图书藏在楼上的公寓里。1943 年，毕奇被纳粹逮捕，关押在集中营，获释后她已无心再经营书店。1951 年，美国人乔治·惠特曼在巴黎圣母院对面开了一家名叫密斯托拉的英文书店。1962 年毕奇去世，惠特曼买下她书店的藏书，并于 1964 年将店名重新命名为莎士比亚书店。今天，这家位于柴堆街 37 号的英文书店已经成为文艺青年争相打卡的地点。书店旁还开了一家咖啡店，远道而来的游客可以坐在窗边，看着塞纳河畔的人来人往和车水马龙，像当年的文人墨客一样，做着自由不羁、五彩斑斓的梦。

左岸的咖啡

巴黎的大街小巷遍布着众多咖啡馆，其中最有名气的莫过于圣日耳曼大道上的花神咖啡馆。这里一度成为思想与哲学的碰撞地，在法国文学史上写下了浓墨重彩的一笔。花神咖啡馆始建于 1887 年，因街道上的一座花神雕像而得名。20 世纪初，超现实主义代表人物纪尧姆·阿波利奈尔、安德烈·布勒东、路易·阿拉贡在这里展开激烈讨论，存在主义作家让-保罗·萨特和西蒙娜·德·波伏娃把这里作为他们的"根据地"。萨特曾写道："我们完全生活在这里了：从早上九点到中午十二点在里面工作，然后去吃饭；下午两点左右又回到这里，与朋友们一直聊到晚上八点。晚餐以后，再接待约好的人。你们可能觉得很奇怪，但我们已经把花神咖啡馆当成我们的家了。"

双叟咖啡馆与花神咖啡馆比邻而居，其名称取自当时的戏剧《两尊来自中国的雕像》，今天在店内依然坐落着两尊中国清朝人物木雕。最早这里贩卖来自世界各地的珍宝布料以及中国的丝绸，而后才演变成为一家咖啡馆，包括海明威、乔伊斯在内的作家热衷于来这里谈天说地。从这两家咖啡馆向东走几步，就可以抵达普罗可布咖啡馆，它号称是巴黎第一家咖啡馆，1686年开始营业，曾接待过启蒙运动时期著名哲学家伏尔泰和卢梭以及"法国革命三巨头"罗伯斯庇尔、丹东和马拉，年轻的拿破仑也曾因没钱买单留下军帽作为抵押，今天这顶军帽依然陈列在咖啡馆的橱窗里。在我看来，这几家店所承载的历史意义远大于咖啡本身，如果你是一位咖啡爱好者，我倒是想推荐几家"年轻的"咖啡店，比如习惯咖啡馆（Coutume），黑色咖啡馆（Noir），位于 14 区的六边形咖啡馆（Hexagone Café）的老板还出版过图书《我的咖啡生活提案》。

集市上的色彩

阿涅斯·瓦尔达被誉为"新浪潮之母"。她一生的大部分时间都居住在 14 区的达格雷街 86 号。法国的街道多以人物命名,比如这里的路易·达格雷,生于 1787 年,他所发明的达格雷(达盖尔)银版法标志着照相的起源和摄影的诞生。致力于摄影艺术的瓦尔达定居在这条街道,似乎也算某种命运的巧合。今天,偶尔有慕名而来的人,在街边驻足凝望这栋紫红色的建筑。1976 年,瓦尔达拍摄了纪录片《达格雷街风情》,将镜头对准自己生活的这条街道,刻画出杂货店、肉店、面包店、香水店、驾校等店铺的图景。瓦尔达在访谈中曾说过:色彩就好比维生素 D,没有什么比色彩本身更美好的了。对此我深以为然,流连于集市上大大小小的水果摊,是我觉得在巴黎最治愈的事情之一。

每到周末,巴黎各个街区的集市总是热闹非凡,新鲜的蔬果、海鲜、肉类、奶制品,应有尽有。11 区巴士底集市算是巴黎规模最大的露天市场之一,高耸的七月圆柱伫立在广场中央,让人不至于迷失在摊位之间。5 区穆府塔尔市场由一条长长的石板街贯穿南北,两旁店铺林立,空气中弥漫着刚出炉的羊角面包的香气,街角飘荡着悦耳的手风琴声,可丽饼店的门前永远排着长队。瓦尔达曾以这条街为背景拍摄过短片《穆府的歌剧》。3 区红孩儿集市是巴黎最古老的食品市场,建于 1615 年,1982 年被列为历史古迹,这里聚集了摩洛哥、意大利等各地美食。我特别喜欢逛集市,春天的芦笋,夏天的西瓜,秋天的蘑菇,冬天的热红酒,一年四季在蔬果和美酒的变换之间流转于餐桌。我始终觉得巴黎的集市是这座城市最有烟火气息的地方,也诠释着巴黎人最传统地道的生活方式。

好吃的甜品

在巴黎，我们还可以通过甜品来感知时间的流逝。我最常去的甜品店是位于 7 区的吉田守秀（Mori Yoshida）。与店铺同名的甜品师生于 1977 年，他在日本获得了很多奖项，2013 年，他在巴黎开了这家甜品店。透明橱窗里摆放的甜品会根据当季食材有所调整，如果你想在冬天去购买草莓蛋糕，那么你恐怕要空手而归了。草莓蛋糕一般在 4 月上市，吃到初春的第一个草莓蛋糕成为我在巴黎漫长冬夜里最期待的事情。选用绵密的栗子泥制成的蒙布朗仿佛宣告着秋天的到来。夏天当然要吃冰淇淋，冬天则一定少不了国王饼。如果天气晴朗，从 Mori Yoshida 出来，可以拿着刚买的甜品到荣军院前的大草坪上享用。荣军院始建于路易十四时期，最初用来收容战争中受伤的军人。拿破仑之墓安放在其中的圆顶教堂里，金光闪闪的圆顶诉说着古老又辉煌的历史。

在巴黎，结合了法国和日本特色的甜品店还有 Sadaharu Aoki（青木定治），由同名甜品师青木定治开设，这家尤其以抹茶口味著称。稍远一点，还有 12 区的 Snaffle's（斯纳夫）和 16 区的 Yamazaki Pâtisserie（山崎）。距离 Mori Yoshida 不远处，有一个我自己的"甜品黄金区"：在巴克街和瓦雷纳街的交会处有一家 Des Gâteaux et du Pain（蛋糕和面包），以这里为起点，西有 Philippe Conticini（菲利普·孔蒂奇尼），南有 Angelina（安吉丽娜），东南方向有 Hugo & Victor（雨果和维克多），东北方向有 Pierre Hermé（皮埃尔·埃尔梅）。每次从罗丹博物馆出来，我就会根据心情走进其中一家店，用精致的甜品换取片刻的快乐。

每种甜品都有自己的名字，每个名字都有其背后的寓意。比如，巴黎布雷斯特车轮泡芙（Paris-Brest）的形状酷似自行车轮，灵感来自巴黎至布雷斯特的自行车赛；而歌剧院蛋糕（Opéra）起源于法国著名甜品店 Dalloyau（达洛洛），因蛋糕方正的外观和加尼叶歌剧院的舞台相似而得名。至于巴黎最古老的甜品店 Stohrer（斯托尔）则已经有近 300 年的历史了。特别值得一提的是，在巴黎有几家名叫 Fou de Pâtisserie（甜品控）的甜品买手店，它的宗旨就是把全巴黎的招牌甜品汇聚到一家小店，在这里有机会一次性品尝到来自 Cyril Lignac（西里尔·利尼亚克）、L'Éclair de Génie（天才闪电泡芙）、Carl Marletti（卡尔·马雷蒂）等店铺的不同甜品。

奇妙博物馆

巴黎作为"艺术之都"，拥有上百家博物馆，其中尤以卢浮宫博物馆、奥赛博物馆和蓬皮杜艺术中心最受欢迎。卢浮宫馆藏文物达 3 万多件，包括古近东、古埃及、古希腊和古罗马文物，法国、意大利、西班牙等国绘画作品以及雕塑和装饰工艺品，是世界上最大的博物馆之一，其中三大镇馆之宝《萨莫色雷斯岛的胜利女神》《米洛的维纳斯》《蒙娜丽莎》每天吸引着世界各地的游客慕名而来。位于卢浮宫主庭院的玻璃金字塔由美籍华人建筑师贝聿铭设计，于 1989 年建成，如今已成为巴黎的城市地标之一。如果你偏爱印象派，那么你一定要去奥赛博物馆，感受光影的变化和色彩的拼搭。时间的脚步继续向前，现当代艺术作品主要集中在蓬皮杜艺术中心，这里汇集了巴勃罗·毕加索、亨利·马蒂斯、马克·夏加尔、皮特·蒙德里安等大师的杰出作品。

卢浮宫阿波罗厅的金碧辉煌，奥赛博物馆时钟前的黑白交错，蓬皮杜顶楼远眺的落日余晖无不令人印象深刻。作为一名印象派的拥趸，我还想推荐亚历山大三世桥附近的小皇宫、杜乐丽花园里的橘园美术馆、布洛涅森林旁的玛摩丹美术馆，这几家也收藏了不少克劳德·莫奈、爱德华·马奈、贝尔特·莫里索、古斯塔夫·卡耶博特等人的作品。巴黎各大博物馆之间经常联合办展，比如 2022 年，蓬皮杜艺术中心、巴黎现代艺术博物馆、卢浮宫博物馆、奥赛博物馆、毕加索博物馆以及伊夫·圣罗兰博物馆倾情联动，以纪念伊夫·圣罗兰第一场时装秀举办 60 周年。

镜头下的巴黎

我想，没有人会不爱巴黎。2011 年，伍迪·艾伦导演的电影《午夜巴黎》上映。影片开头用了 4 分钟的时长展现了巴黎的浪漫景色，从日出到夜幕，从晴天到阴雨，蒙马特、凯旋门、塞纳河畔、埃菲尔铁塔、香榭丽舍大道，一幅幅令人心驰神往的巴黎画卷在悠扬的爵士乐曲中徐徐展开。我热衷于根据镜头里的画面辨认拍摄地所在的街区，宛若一个个猜谜游戏。在阿涅斯·瓦尔达的《5 至 7 时的克莱奥》中，我们跟着克莱奥从里沃利街出发，途经蒙帕纳斯街区，来到蒙苏里公园；埃里克·侯麦的《娜嘉在巴黎》则以大学城为起点，先后经过拉丁区、圣日耳曼德佩区、美丽城等地；在《爱在日落黄昏时》里，男女主人公在莎士比亚书店重逢后，穿过巴黎的大街小巷，走到勒内·杜蒙绿色长廊，最后回到塞纳河畔乘坐游船，两岸的街景缓缓倒退，每一帧镜头都宛若一张巴黎城市风光明信片。

谈起法国电影史，一定少不了提到新浪潮运动。早在 20 世纪 50 年代，以让 - 吕克·戈达尔、弗朗索瓦·特吕弗、埃里克·侯麦、雅克·里韦特、克洛德·沙布罗尔等人为代表，在法国掀起了一场电影运动，这五个人也被称为"新浪潮五虎将"。我最喜欢的一条小巷子名叫商博良街，这条街仅长 145 米，却聚集了商博电影院（Le Champo）、拉丁区电影院（La Filmothèque du Quartier Latin）、映像电影院（Reflet Médicis）等三家电影院。每次经过这里，总会看见排队的人群在等候入场，其中有青春洋溢的学生，也有头发花白的老人。不远处还有学院电影院（Écoles Cinéma Club）、大放映室电影院（Le Grand Action）、卢森堡三放映厅电影院（Les 3 Luxembourg），等等。在巴黎，每天晚上都有看不完的电影，每天晚上都有做不完的事情。位于贝西公园的法国电影资料馆集图书馆、博物馆、放映厅于一体，成为巴黎影迷最常去的地方之一。

影迷和戏剧人的天堂

巴黎的剧院和巴黎的电影院一样多。我最常去的两家分别是号称"莫里哀之家"的法兰西戏剧院和有着"欧洲剧院"之称的奥德翁剧院。2022年为了纪念莫里哀诞辰400周年，法兰西戏剧院上演了《伪君子》《恨世者》《无病呻吟》等代表作，今天在剧院内还保存展示着莫里哀坐过的椅子。伊莎贝尔·于佩尔是我很喜欢的演员，我在奥德翁剧院先后看了她主演的戏剧《樱桃园》和《玻璃动物园》。在巴黎生活的这几年，我收获了很多快乐的时光：我在巴黎爱乐厅感受了传统音乐的魅力，在塞纳音乐城欣赏了法语音乐剧《星幻》，在巴士底歌剧院的高层看窗外日落，在沙特莱剧院的露台远眺圣雅各塔。

演出通常是在晚上进行，所以这些记忆总是和巴黎的夜晚联系在一起。夜幕降临，每到整点，埃菲尔铁塔就会亮起闪烁的灯光。每一次，我都会为了它停下脚步：前往帕西剧院的途中经过比尔哈凯姆桥时恰好整点，我望向铁塔会心一笑；在香榭丽舍花园的卡丹空间看完于佩尔表演的《玛丽如是说》，我来到协和桥时是21点50分，我决定吹着晚风再等一等；如果时间和排片凑巧，周五晚上我会在有着"宇宙中心"之称的巴黎大堂连看两场电影，散场后走到新桥正好可以赶上22点亮灯的铁塔，这仿佛成了我与巴黎的"周五之约"。据说巴黎塞纳河上共有37座桥，不知不觉间，我在不同的位置欣赏了不同角度的铁塔。时间一天天流逝，夜色里，点点星光下的塞纳河水依然不知疲倦地缓缓流淌。

拉丁区的大街小巷

我生活在拉丁区，久而久之，这里成为我最喜欢的街区。我有一条尤其喜爱的散步路线：从穆府塔尔街出发，一路北上来到康特斯卡普广场，继续前进，就可以抵达学院路，左转则会经过法兰西公学院，这里的课程和讲座免费对公众开放。直行左转就是商博良街，我会看一看橱窗里张贴的海报，或者拿几张电影宣传单页。索邦广场的喷泉边总是坐满了人，不远处是圣米歇尔大道，卢森堡公园就在眼前。这里环境清幽，绿树成荫，周边的居民常常来这里，跑步健身，看书写生，或者躺在草坪上谈天说地。8区的蒙索公园，14区的蒙苏里公园，19区的肖蒙小丘公园也是如此。除了这几座大型公园外，在巴黎，每走几步便能看到一座街心花园。我常常会在卢森堡公园待到关门，每到这个时候，整个公园都回荡着急促的哨声，大家有说有笑，涌向出口。

卢森堡公园附近的孔代亲王街 41 号，是一家名叫波利多的小酒馆，它始建于 1845 年，一度是法国作家安德烈·纪德的最爱。百年来，酒馆的内饰几乎没有变化。因其价格公道，菜肴美味，今天这里依然是附近居民常去吃饭的地方。苏夫洛路连接了卢森堡公园和先贤祠，正是这位名叫苏夫洛的建筑师设计了先贤祠，将新古典主义建筑风格引入法国。如今，先贤祠成为包括伏尔泰、卢梭、雨果、左拉等名人的安葬地。很多人对《午夜巴黎》中男主人公穿越回到过去的地点很感兴趣，其实它就位于拉丁区的阿贝·巴塞广场，这里紧邻先贤祠和圣艾蒂安教堂，周边学校林立，每到傍晚，巷子里的小酒馆便人头攒动。不妨找一个深夜到这里坐一坐，就算没有等来可以穿越的汽车，巴黎这场流动的盛宴，也适合回忆、适合做梦。

巴黎永远没有完

海明威《流动的盛宴》最后一章的标题是"巴黎永远没有完"。我在巴黎的生活难以用三言两语来概括，对巴黎这座城市的爱更是如此。我最喜欢的法国作家是帕特里克·莫迪亚诺，作为一名"行走的巴黎地图学家"，在他的作品中，常常会出现精确的巴黎地名。或许是在这种潜移默化的影响之下，我喜欢用脚步丈量这座城市，期待有一天可以走遍它的每条大街和小巷。我在巴黎的这几年会有意识地写日记，记录每天发生的美好时刻。如今翻看这些文字，我依然能透过字里行间感受到当时的心境。

2021年巴黎封城期间，我读完了李娟《阿勒泰的角落》的法语版。我在日记里写道：我很羡慕那些可以把自己生活的城市写成一本书的人，和他们相比，我记录的就只是零碎的日记，它们永远也不会成为文学，可就是那些"今天的天很蓝，风很轻，晚霞好美，星星超闪"的"废话"构成了我日常生活的点滴。收录在这本书第一、二部分的内容基本是在《文艺报》《文学报》等报刊上发表过的评论文章。然而，我一直觉得比这些更有趣的，其实是我的巴黎生活，我真真切切感受到的、体验过的巴黎生活。所以，在做完前面的整理工作后，我决定动笔写一写，于是有了这本书的第三部分。在巴黎的这些年塑造了我现在的喜好与品格，我发自内心地想要把这些美好时刻分享给你们。

2023年5月初稿

2024年7月再次修改

目录

◎

文学

是读过的
这些书，
塑造了
现在的我

"在他的笔下，光与影相互交错，勾勒出巴黎的日与夜，这座人人深爱的永恒之城。"

帕特里克·莫迪亚诺：巴黎的日与夜

　　今天，"city walk"（城市漫游）已经成为一个非常流行的说法。如果要在法语中找一个和这个意义相近的单词，一般会想到"flâner"（漫游），而从事这项活动的人则是"flâneur"（漫游者）。法语中漫游这种生活方式可以追溯至 19 世纪。1850 年至 1870 年，塞纳省省长乔治 - 欧仁·奥斯曼奉拿破仑三世之命，对首都巴黎进行城市改造，拆除拥挤脏乱的中世纪街区，修建宽敞的大道，增设绿树成荫的公园，这些都让巴黎更加适合于"城市漫游"。1863 年，法国诗人夏尔·波德莱尔作为将漫游和艺术结合在一起的先驱者，在其散文集《现代生活的画家》中对"漫游者"进行了描述："对一个十足的漫游者、热情的观察者来说，生活在芸芸众生之中，生活在反复无常、变动不居、短暂和永恒之中，是一种巨大的快乐。离家外出，却总感到是在自己家里；看看世界，身居世界的中心，却又为世界所不知，这是这些独立、热情、不偏不倚的人的几桩小小的快乐，语言只能笨拙地确定其特点。"波德莱尔还在书中提到了爱伦·坡于 1840 年发表的短篇小说《人群中的人》，认为它描述了理想的漫游者的状态。1935 年，波德莱尔的德语译者、德国哲学家瓦尔特·本雅明出版了《巴黎，19 世纪的首都》，又名《拱廊之书》。他在书中对巴黎标志性建筑"拱廊"进行了研究，将拱廊视作一种城市创造性的可能，流连其中的"漫游者"成为现代精神的缩影。

时间一晃而过，来到 20 世纪后半叶。出生于 1945 年的法国作家帕特里克·莫迪亚诺有着"巴黎地形学家"之称。自少年时代起，莫迪亚诺就痴迷于在巴黎的街头漫游，希望自己可以像波德莱尔所说的那样去探索"大都市蜿蜒曲折的褶皱"。出版于 1968 年的处女作《星形广场》的标题即是巴黎著名景点凯旋门的所在地。此后的几十年里，巴黎这座城市反反复复出现在莫迪亚诺的笔下，几乎从未间断过。巴黎共有 20 个区，数字依序从中心向外延伸，形成了一个螺旋形、蜗牛壳状的结构。在莫迪亚诺的笔下，能看到不同的街区作为故事背景，比如《青春咖啡馆》（2007）的 6 区，《蜜月旅行》（1990）、《多拉·布吕代》（1997）的 18 区，《消失的街区》（1984）、《这样你就不会迷路》（2014）、《夜半撞车》（2003）的 16 区，等等。虽然莫迪亚诺在作品中偶尔涉及巴黎近郊或者南法城市，但是巴黎始终如同"固定点"（le point fixe）一般在其笔下占据重要的位置。

雷蒙·格诺是莫迪亚诺的文学导师，格诺本人也是一位巴黎漫游爱好者。他曾写过一本经典之作《地铁里的莎姬》（1959），小说以第一次进城的乡下小女孩莎姬的视角观看巴黎。游荡在巴黎的莎姬又何尝不是一名"漫游者"呢？次年这部作品就被改编成同名电影上映，由路易·马勒执导，莎姬这个人物形象变得家喻户晓。经由莫迪亚诺的母亲介绍，二人相识后，每周六格诺都会邀请莫迪亚诺吃饭，向他介绍一些巴黎漫游路线，有些地点实在过于小众，以至于莫迪亚诺产生了自己是第一个踏足此地的人的错觉。莫迪亚诺还在访谈中提到侦探小说家乔治·西默农的作品对他的影响，要知道西默农笔下的梅格雷探长总是穿梭在巴黎的大街小巷。1948 年西默农出版了作品《家谱》（Pedigree），而莫迪亚诺于 2005 年推出的自传作品也叫作《家谱》（Un pedigree），区别仅仅是多了一个不定冠词，这是不是可以看作是莫迪亚诺对西默农的致敬？

莫迪亚诺曾说过："我生活过的巴黎以及我在作品中描述的巴黎已经不复存在了。我写作，只是为了重新找回昔日的巴黎。这不是怀旧，我对过去不曾感到遗憾。我只是想把巴黎变成我心中的城市，我梦中的永恒之城。在这里，不同的年代相互重叠，恰如尼采所说的'永恒轮回'。"对莫迪亚诺来说，巴黎的几个地点有着重要的意义。

首先是 6 区的孔蒂码头 15 号。莫迪亚诺在《户口簿》（1977）中写道："1942 年 6 月的一天傍晚，在一个和今天一样温和的黄昏，一辆三轮车停在了孔蒂码头的岸边，这里将货币博物馆和法兰西学院分隔开来。一位年轻的女士从车上下来。她是我的母亲。她刚从比利时乘火车抵达巴黎。"

当时，莫迪亚诺的母亲路易莎·科尔贝刚到巴黎，落脚在孔蒂码头 15 号，几个月后，她遇到了阿尔贝·莫迪亚诺，而后有了帕特里克·莫迪亚诺。两年后，弟弟鲁迪·莫迪亚诺出生。1949 年至 1953 年，兄弟俩被父母送到法国南部城市比亚里茨，又去了巴黎近郊茹伊昂若萨斯。1953 年兄弟俩重新回到孔蒂码头 15 号。随着年纪增长，他们开始拓展外出探索的范围，他们过桥，从左岸来到右岸，在卢浮宫前的卡鲁塞尔广场玩游戏。然而，1957 年冬天，一切变了样。1 月 27 日，星期天，帕特里克·莫迪亚诺从寄宿学校回到家后获知了弟弟去世的消息，而上一周兄弟俩还在孔蒂码头的卧室里一起整理邮票册。从这一天起，他在巴黎变得形单影只。

莫迪亚诺和孔蒂码头 15 号的关联远未结束。2002 年出版的弗朗索瓦·维尔内《非典型短篇小说》的序言由莫迪亚诺撰写，标题就叫作《孔蒂码头 15 号》。维尔内是一名抵抗运动成员，1945 年 3 月死于达豪集中营，年仅 27 岁，直到 60 年后，这部作品方才问世。生前他曾暂住在孔蒂码头 15 号，莫迪亚诺在《马戏团经过》（1992）中写道："早在我父亲住在公寓之前，这些书就已经存放在那里。之前的房客，也就是《围猎》的作者，把它们忘记了。其中有几本书的扉页上写着一个神秘的弗朗索瓦·韦尔内的名字。"当莫迪亚诺住在孔蒂码头 15 号的时候，弗朗索瓦·韦尔内如同一个看不见却挥之不去的幽灵伴其左右，以至于莫迪亚诺在序言中写道："我花了将近二十年的时间才找到这个人的踪迹和他的真实身份……"

16 区的洛里斯通街 93 号曾是二战期间法国盖世太保的所在地，为首的有亨利·拉丰和皮埃尔·邦尼等人，他们从事着鲜为人知的神秘勾当。《夜巡》（1969）里有："一辆浅蓝色的塔尔博特从洛里斯通街开了过来"，《缓刑》（1988）里写道："安德烈经常和洛里斯通街的那帮人来往"。之所以"洛里斯通街的那帮人"始终萦绕在作家的心头，是因为他的父亲在德占期间和那帮人有着微妙的联系，为了在战争中生存，父亲混迹于黑市，干些投机倒把的营生。莫迪亚诺和父亲的关系一直很紧张，1966年彻底决裂，之后再无联系。1977年，作家的父亲在瑞士去世，很久以后他才得知这一消息，于是关于父亲的诸多谜团变成了无解之谜。

18区的库斯图街在荣获龚古尔文学奖的《暗店街》（1978）里就已经出现了，它连接着克利希林荫大道和莱皮克街，附近是布朗什广场。十年后，在《缓刑》里，莫迪亚诺又写道："在后来的年月里，我再也没有见到他们，除了有一次，我重新见到了让·D，我那时二十岁。我住在布朗什广场附近库斯图街的一间房间里。我在尝试写第一本书。"《小珍宝》（2001）中的地址由于多了门牌号而变得更加具体："第一天晚上，我猜想我母亲可能就住在我现在这个房间。就在我打算租房的那天晚上，我在报纸上看到了这个地址——库斯图街11号。"在《这样你就不会迷路》里，主人公在库斯图街11号写了20多页《布朗什广场》，与此前的《缓刑》形成了呼应。

14区的奥德街28号也多次出现在他的作品里。在《夜的草》（2012）中，"我"曾生活在这条小巷，"我在奥德街28号收到阿加穆里寄来的一封信时很吃惊，我在那里租了一个房间，但他怎么会知道我的地址？从丹妮那里要到的吗？我带她去过几次奥德街，但好像是很久之后的事情。

我的记忆都扭结到了一块"。又或者，在《地平线》（2010）中，"博斯曼斯一时无法作假，就说出自己真实的出生日期，并说他住在奥德街 28号"。这两部小说的主人公的名字都是"让"（Jean），而"让"正是作家最开始的名字。莫迪亚诺还经常在书里提到 63 路公交，这条线路今天依然存在，往返于东边的里昂火车站和西边的米埃特门，途经巴黎植物园、拉丁区、圣日耳曼德佩街区、亚历山大三世桥、特罗卡德罗、布洛涅森林。莫迪亚诺回忆说，每到周日，父亲会带着他们兄弟俩来森林散步，一直走到湖边，直到傍晚 6 点，他们再搭乘公交返回。

莫迪亚诺认为自己"是唯一一个将当时的巴黎与今天的巴黎联系起来的人，唯一一个记得所有这些细节的人"。如果说莫迪亚诺笔下的人物大多是虚构的，那么代表作《多拉·布吕代》中这位和标题同名的小女孩则确有其人。

1988 年，帕特里克·莫迪亚诺在 1941 年新年前夕的《巴黎晚报》上看到一则寻人启事："寻失踪少女多拉·布吕代，十五岁，一米五五，鹅蛋脸，灰栗色眼睛，身着红色外套，酒红色套头衫，藏青色半身裙和帽子，栗色运动鞋。有任何消息请联系布吕代先生和夫人，奥尔纳诺大街 41 号，巴黎。"登报寻找多拉的是她的父母。这个犹太少女在那个冬天离开天主教寄宿学校后，就再也没有回来。在长达十年的时间里，莫迪亚诺锲而不舍地搜寻着关于多拉的资料，展开了一系列调查。作家像侦探一样，回到奥尔纳诺大街 41 号，询问了多拉的邻居，查阅了很多官方文件。他还在塞尔日·克拉斯菲尔德的《关押在集中营的法国犹太人回忆录》里找到了"多拉·布吕代"这个名字。克拉斯菲尔德还向莫迪亚诺提供了其他珍贵的资料，包括几张多拉及其亲人的照片。

莫迪亚诺竭尽全力将多拉从虚无的遗忘海中打捞出来，试图还原多拉的真实面貌及其心路历程。当然，《多拉·布吕代》绝非单纯意义上对多拉这一人物的传记写作，而是杂糅了纪实与虚构的文学形式，最重要的标志就是作家对多拉的生活图景进行了大量的想象，甚至试图在文学空间内让多拉和自己的父亲建立某种联系。2015年，也就是莫迪亚诺荣获诺贝尔文学奖的次年，巴黎市长安妮·伊达尔戈决定在18区设立一条名叫"多拉·布吕代"的步道，莫迪亚诺自然受邀出席落成典礼。他在致辞中说道："这是第一次将一位无名少女永远铭刻在巴黎的地理中。多拉·布吕代已经成为一个象征。在这座城市的记忆中，她代表着成千上万名离开法国后在奥斯维辛集中营惨遭杀害的儿童和青少年。"

2024年9月，法国伽利玛出版社推出帕特里克·莫迪亚诺的合集《日与夜的巴黎》，收录了作家于1982年至2019年间出版的九部精选作品和一篇文章《夜晚的布拉塞》。布拉塞，本名久洛·豪拉斯，生于1899年，是一位知名摄影师，1990年出版的《巴黎的温柔》集结了布拉塞20世纪30至40年代在巴黎拍摄的照片，并附有莫迪亚诺撰写的文字。2022年，莫迪亚诺对文字进行了修改和压缩，作为序言发表在《布拉塞：100张新闻自由照片》。莫迪亚诺回忆说，他曾经在朋友罗杰·格勒尼耶的家里见过布拉塞，在他看来，"布拉塞的设备很简单，他属于不会被技术所淹没的真正的艺术家。只需要灵机一动就能创造出神奇的效果。布拉塞可以非常自然地融入巴黎的夜色之中"。布拉塞和莫迪亚诺并非同时代人，但是布拉塞镜头下两次世界大战期间的巴黎，让莫迪亚诺重新发现了一个逝去的时代，一个他正在寻找的时代，也是他希望让读者认识的时代。

摄影写作风格是帕特里克·莫迪亚诺作品中不容忽视的特征之一。在《多拉·布吕代》中，照片作为一种物证，起到了推动情节的作用。莫迪亚诺不惜用了两部分篇幅描写得到的照片，从而形成一种"散文式图片"写作手法。第一部分描绘了战前拍摄的八张照片，作家选用一般现在时客观地介绍了多拉及其父母的服饰、姿态及周围装饰，而且每张照片的文字描述之间没有连接词或过渡词。这段时期于多拉而言，是一段难能可贵、无忧无虑的童年时光。第二部分重点聚焦一张多拉以及她的母亲和外婆的三人合照。作家着重刻画了她们的面部表情，其中多拉"昂着头，目光冷峻，但唇边有一丝若有若无的微笑。这让她脸上有了一抹温柔的悲伤和桀骜"。作家猜测照片应拍摄于1941年或者1942年初春，彼时危机四伏，人心惶惶。作家使用"三个女人"的称呼，暗示了多拉已不再是个小孩，童年的幸福生活不再，"三个女人"也代表了三代人，甚至是千千万万那个时期的犹太人。莫迪亚诺笔下的照片被赋予了深刻的意义，通过照片作家真正所反映的，绝不仅仅是多拉一个人的故事，更是一个时代的见证。

《狗样的春天》（1993）的两位主角分别是年轻作家"我"和摄影师冉森。冉森拥有一间房子，充当摄影室或者办公室，而"我"帮他整理照片目录，誊写副本。在冉森决定离开巴黎之前的一个下午，他带"我"走在巴黎的街道上，给我指了指他曾经住过的旅馆和工作过的地方。坐在长凳上时，"我"问冉森在拍什么，他答道："我的鞋。"在咖啡馆，他突然让"我"别动，快门落在"我"手中的牛奶杯。冉森离开时，带走了三个行李箱，只留下一卷胶卷，都是那天下午他所拍的照片。在冉森眼中，"摄影师什么也不是，应该融入背景之中，隐匿身影，以便更好地工作，并如他所说，截取自然光线"。所谓"截取自然光线"，其具体做法是使用从美国引进的泛光灯，通过人工方法产生自然影像。

莫迪亚诺将主人公的职业设置为摄影师绝非偶然，作家曾在访谈中提到，他经常思考光线的问题，对伦勃朗的《夜巡》充满兴趣。莫迪亚诺的作品总是营造出一种半明半暗的环境和氛围，于是我们读到了没有开灯的卧室，读到了咖啡馆最里端的座位，读到了人人提心吊胆的德占时期。莫迪亚诺在诺贝尔文学奖获奖感言中说道："占领时期的巴黎对我而言永远都是最初的夜。没有它，我就不会出生。这个占领时期的巴黎一直纠缠着我，我的书都沉浸在它那被遮蔽的光中。"如果说布拉塞通过照片为我们呈现了过去的巴黎图景，那么莫迪亚诺则借助写作把我们带回到往昔岁月。在他的笔下，光与影相互交错，勾勒出巴黎的日与夜，这座人人深爱的永恒之城。

2024 年 7 月

"瞬间化作永恒，在时空中反复上演，尼采的'永恒轮回'观念又一次出现在莫迪亚诺的记忆书写中。"

《舞者》：一首记忆的芭蕾舞曲

近年来，莫迪亚诺几乎保持着每两年出版一部小说的频率：2017 年《沉睡的记忆》，2019 年《隐形墨水》，2021 年《舍夫勒斯》，2023 年《舞者》（直译为"跳舞的女人"）。很多人称他总是在书写同一个故事，一个关于记忆的故事。新作自然也不例外。莫迪亚诺再一次回溯往昔，追忆过去，在这本书里，他认为过去的图像不过是暂时蒙上了一层薄冰，等到某一天冰层融化，图像会再次显现，就像塞纳河面浮现的溺水者。

小说《舞者》是这么开始的："头发是棕色？不。更像是深栗色，眼睛是黑色的。她是唯一一个能找到照片的人。除了小皮埃尔，其他人的面孔都随着时间的流逝而褪色。况且，在那个时代，人们拍的照片比今天少得多。"故事的主人公就是标题所指的跳舞的女人，我们不知道她的姓名，周围的人都叫她"舞者"。小皮埃尔是她的儿子，他只有一个单名，没有姓氏，这也和他身份未知、下落不明的父亲形成呼应。通过阅读，我们可以大致拼凑出舞者的简单信息：她从小生活在巴黎附近的小镇圣勒拉福雷，自幼学习舞蹈，14 岁时小镇的舞蹈老师建议她前往巴黎师从鲍里斯·克尼亚泽夫。此后她开始每天乘坐火车往返小镇和巴黎，上课地点是克利希广场的瓦克舞蹈室。在一位名叫塞尔日·韦尔齐尼的朋友的帮助下，她决心搬到巴黎生活，起初住在库斯图街，后来搬至尚佩雷门。

尽管莫迪亚诺只是用"舞者"这样一个简单的称号来指代主人公，但是他却精准地写出了舞者周围其他人的名字，而且很多人物并非作家虚构。舞者的老师，鲍里斯·克尼亚泽夫，他是一名俄罗斯裔法国舞蹈家和芭蕾舞大师。1900 年出生于圣彼得堡，1924 年移居巴黎，1932 年至1934 年，他在喜剧歌剧院担任芭蕾舞指导，1937 年他在巴黎开办了一所舞蹈学校，培养了包括伊薇特·肖维雷在内的舞蹈家。此后他曾在阿根廷、巴西、瑞士、意大利、希腊等世界各地教学。1975 年他在巴黎逝世。小说中还列举了和舞者一同学习舞蹈的人，让-皮埃尔·邦纳福、费利克斯·布拉斯卡、玛佩萨·道恩等，他们都是 20 世纪杰出的舞蹈家。不仅如此，瓦克舞蹈室也确实存在，1923 年由奥尔加·普列奥布拉任斯卡娅创建而成，1974 年被拆除，地点位于杜埃街，和书中的描述一模一样。尽管《舞者》和作家的大多数作品一样被贴上了"小说"的标签，但是莫迪亚诺又一次模糊了虚构与真实的界限，使得这部作品笼罩在亦真亦假的朦胧之中。

模糊不清、半明半暗的氛围也进一步增加了作品的神秘色彩。尽管莫迪亚诺不会再像早期的"德占三部曲"（《星形广场》《夜巡》《环城大道》）那样直接描绘德占时期的巴黎生活图景，但是我们依然能够通过字里行间感受到战争的阴霾。在那个时期，很多人从事着说不清道不明的非法勾当：《八月的星期天》（1986）里从事倒买倒卖勾当的维尔库，《缓刑》（1988）中的罗歇·樊尚、让·D，安德烈·K以及"洛里斯通街的那帮人"，《隐形墨水》里的乔治·布莱诺斯，《舍夫勒斯》中的雷纳托·伽马等，《地平线》（2010）里的奥拉夫·巴鲁甚至都没有"乔装打扮"一番，直接以相同的名字再次出现在《舞者》里，成为韦尔齐尼圈子中的一员。而这位"神通广大"的韦尔齐尼不仅和舞者的父亲相识，又认识了舞者的丈夫，他曾直言不讳地表态："我们的圈子有点特别。"然而，叙述者"我"对此仿佛习以为常，并且想到了自己的父亲以及父亲的朋友，如果有一天警察拿出了他们的照片，"我"一点也不会感到意外。读到这里，我们便会心照不宣地与莫迪亚诺的父亲关联起来，一个在德占时期冒用假身份，与德国警察勾结，从事神秘勾当的人物。父亲的过往成为莫迪亚诺的"梦魇"，多年来萦绕心头，挥之不去，使其作品不自觉地被赋予幽暗的色调。

这些神秘的人物宛若幽灵一般阴魂不散，以至于莫迪亚诺在《舞者》里感叹道："我们永远也摆脱不了幽灵。"搬到巴黎生活的舞者享受了八年的平静时光，"往日幽灵"的出现打破了这一切。当年就在她每天搭乘火车的时候，总会遇到巴里斯兄弟，特别是安德烈·巴里斯对她纠缠不停，以至于每每听到"巴里斯兄弟"这个词，她就仿佛置身于泥潭之中。对舞者来说，离开小镇来到巴黎，是一种逃离，也是一种解脱。特别是当她走进舞蹈室，"就好像穿过边界进入中立国"，她感到如释重负，舞蹈让她产生了一种"可以重新掌控自己身体的感觉"。小镇的那段岁月对她而言已经是"另一种生活"，舞蹈让她忘记了过去，那个时候，少不更事的她也曾经历过"青春的错误"和"糟糕的相遇"。好在年纪尚轻，一切都可以很快结疤，而后疤痕消失，什么印迹都不会留下，最后得以重获新生。

如果说背负着不可言说的过去，渴望重新开始生活的舞者，是莫迪亚诺所刻画的迷惘年轻人群体的代表，那么舞者的儿子小皮埃尔身上则凝聚了太多作家童年时期的身影。"我"最初认识舞者的时候，并不知道她还有一个儿子。有一天，"我"和舞者的一个朋友霍文陪她一起去奥斯特利茨车站接皮埃尔，他独自一人从法国西南地区乘火车来巴黎与舞者团聚。此后的日子里，每当舞者不在的时候，"我"总是陪伴在皮埃尔左右，去学校接他，带他看电影，天气好的时候一起去布洛涅森林。"我"从皮埃尔口中得知，他来到巴黎之前生活在比亚里茨，舞者口中的法国西南地区有了确切的城市名称，而莫迪亚诺年幼时也曾在比亚里茨生活过一段时间。这样的设置是巧合吗？或许并不是。莫迪亚诺的作品里有太多其飘忽不定、动荡不安的童年经历的烙印，年幼时无人陪伴带来的感情缺失，让他想要在虚构的文字世界里全力弥补给小皮埃尔。

最开始认识韦尔齐尼和舞者的时候，"我"介绍自己是写歌词的。后来"我"偶然间认识了一位名叫莫里斯·吉罗迪亚斯的出版商，开始为一些英文书籍进行改写和校对。和鲍里斯·克尼亚泽夫相似的是，莫里斯·吉罗迪亚斯也是历史上真实存在的人物，他曾创立了奥林匹亚出版社，专门在法国出版一些在英美国家无法通过审查的禁书。特别要提到的是，莫迪亚诺也曾创作过 20 多首歌词，包括弗朗索瓦丝·阿迪演唱的《Étonnez-moi Benoît》，这首歌曲录制时正值 1968 年，彼时莫迪亚诺刚刚出版处女作《星形广场》。某种程度上，《舞者》中的叙述者"我"可以视为作家莫迪亚诺的"化身"。

不难看出，莫迪亚诺对芭蕾这个领域有着一定的知识储备。他曾在自传体作品《家谱》（2015）中写道："多亏了他，我才看了一场震撼我心的芭蕾舞《梦游者》。"《梦游者》的创作者是"美国芭蕾之父"乔治·巴兰奇，在新作《舞者》中，女主人公也曾演过这出舞剧。当然，舞者形象并非第一次出现在莫迪亚诺的作品中，此前还有《暗店街》（1978）中的奥尔洛夫小姐，《戴眼镜的女孩》（1988）中的小女孩卡特琳娜，《小珍宝》（2001）中的母亲等。新作《舞者》出版后，图书节目《大书店》将主持人与莫迪亚诺的访谈地点特别安排在巴黎歌剧院，作家也在节目中再次回忆了年少时观看芭蕾舞的经历。

在新作里，舞蹈对于女主人公而言意义重大。正如老师克尼亚泽夫反复强调的那样："舞蹈是一门让人重获新生的学科。"认识舞者后，"我"将写作与舞蹈进行类比，认为写作也是一门让人重获新生的学科。"我"认识舞者的时候正好是"我生命中最不确定的一段时期"。作家写道："我什么也不是。"（Je n'étais rien.）这个口吻像极了荣获 1978 年龚古尔文学奖的作品《暗店街》，在那本书里，开篇第一句就是："我什么也不是。"（Je ne suis rien.）不仅如此，两部小说的背景都设置在 11 月阴冷萧瑟的巴黎深秋，这样的季节确实容易让人心生惆怅，看不清前路。"我"寄希望于舞者，把她视为榜样和领路人，相信她可以帮助"我"脱离这种"虚无感"与"不确定"。克尼亚泽夫还告诫学生一定要让自己感到筋疲力尽，只有这样，才能实现"轻盈"。在小镇圣勒拉福雷的时候，有一晚为了逃脱安德烈·巴里斯，舞者开始拼命奔跑，在奔跑的过程中，她感到自己变得越来越轻盈，而这种轻盈，她将之归功于舞蹈。或许这也是舞蹈与写作之间的另一个共同点。意大利作家伊塔罗·卡尔维诺曾在《美国讲稿》中谈论文学的价值与特性，其中第一点就是关于"轻盈"，即"减少故事结构和语言的沉重感"。毫无疑问，《舞者》是一本轻盈的作品，薄薄一本不到百页，宛若一首记忆的芭蕾舞曲。

作为一名巴黎地形学家，莫迪亚诺作品中的主人公往往热衷于在巴黎的街头行走。"我"和舞者的固定路线是下课后从克利希广场走到尚佩雷门。如果舞者有其他安排，路线会稍有改变，其中最远的路线是以维莱特或者乌尔克河运河一带为起点，自东向西横穿巴黎回家。"如果我是一个人，我会迷路。但是我对她有信心。是她在引领我。""我"也有一个人行走的时候。有一晚，和出版商分别后，"我"沿着塞纳河岸走路。经过伏尔泰堤岸，"我"来到废弃已久的奥赛车站，尽管大厅空无一人，但是这里让"我"想起了那一晚舞者、霍文和"我"一起在奥斯特利茨车站接皮埃尔的记忆。或许过去当奥赛车站游人如织的时候，也曾有过三个人，一个女人和两个男人，站在月台上等待着从远方搭乘火车到来的孩子。思绪纷来沓至，"我"最终告诉自己："这就是我们，因为同样的情境，同样的步伐，同样的姿势在时空里不断重复。它们没有消失不见，而是镌刻在这座城市车站的道路、墙壁和大厅的永恒之中。同样的永恒轮回。"瞬间化作永恒，在时空中反复上演，尼采的"永恒轮回"观念又一次出现在莫迪亚诺的记忆书写中。

值得一提的是，在《舞者》中，莫迪亚诺极其少见地描写了当前的巴黎："一座陌生的城市。好像一个大型游乐场或者机场的免税区。""我周遭的世界变化如此之快，以至于我感觉自己是个异乡人。""我们近日来所生活的世界是如此艰难、如此无法理解，以至于这个插曲都显得无关紧要。"《舞者》的笔调确实有别于此前的作品，在小说最后，作家写道："后来舞者和皮埃尔怎么样了，还有同时期我遇到的其他人怎么样了呢？过去的50年，我一直在想这个问题，却始终没有答案。突然间，就在2023年1月8日，我觉得这些都不重要了。舞者也好，皮埃尔也罢，他们不属于过去，他们属于永恒的现在。""我"始终清晰地记得一个圣诞夜的画面，舞者、皮埃尔和"我"从教堂做完弥撒出来，舞者突然开始起舞，皮埃尔看着她笑了起来，"我"模仿着鲍里斯·克尼亚泽夫的口吻喊起了他的口号："现在，女士们先生们，让我们全体就位。""皮埃尔笑得越来越大声。我们三个人继续在深夜中向前走，直到时间的尽头。"舞者似乎已经从小镇圣勒拉福雷的"泥潭"中走了出来，"我"的生活应该也会步入正轨，那么，这一次，我们的作家可以释怀了吗？

2023 年 11 月

"《舍夫勒斯》是一本'重逢之书'，它将那些分散在旧作中的线索聚到了一起。"

《舍夫勒斯》：莫迪亚诺的"寻我之旅"

《舍夫勒斯》开篇第一句话："博斯曼斯记起来舍夫勒斯这个词出现在对话中。"博斯曼斯这个名字一定不陌生，他曾经出现在莫迪亚诺2010年出版的小说《地平线》：年迈的让·博斯曼斯想起昔日女友玛格丽特，他决定根据零碎的信息，在40年后重新开始寻找她。《舍夫勒斯》也是如此：这一次的主人公，还是名叫让·博斯曼斯，因为一个偶然的机会，重新回到了自己5岁左右生活过的房子。童年的记忆随之而来，当时他由一位名叫罗丝-玛丽·克拉维勒的女士照看。博斯曼斯想了解她的情况，几经兜兜转转，从巴黎市区到近郊，又辗转前往尼斯，最终也没能和她再见上一面。是的，几乎可以说莫迪亚诺的每一本小说都在书写寻找。宛若一次又一次的轮回，一次又一次的"寻我之旅"。

不难发现，《舍夫勒斯》里有太多太多《缓刑》的影子了。出版于

1988 年的《缓刑》在莫迪亚诺所有的作品中与众不同，独具一格。难得我们的作家开诚布公地讲述自己的童年过往：主人公帕托施和弟弟被母亲寄养在巴黎郊区的朋友家，这栋房子里有很多人来来往往，举止神秘。结尾处，警察前来搜查房子，大人们杳无踪迹，兄弟俩孤独无助地在花园里等待着。《舍夫勒斯》再次把视角聚焦到童年时期，相似的地点和人物一一登场。因而有读者说，可以把《舍夫勒斯》看作《缓刑》的某种延续。

不同时空相互交织是莫迪亚诺笔下常见的写作手法。如果早前在《缓刑》或者《地平线》里，主人公在过去和现在两个时空里徘徊，那么近几年，只要出现童年叙事，作品往往会分成三个时间段：童年时期（5 岁左右）、青年时期（20 岁左右）、中年时期（50 岁左右）。《这样你就不会迷路》（2014）如此，《舍夫勒斯》亦然。让·博斯曼斯在 19 岁或 20 岁的时候结识了卡米尔·卢卡、玛蒂娜·海沃德等人，回想起了儿时的一些片段。30 年后，已近中年的博斯曼斯又一次驱车驶向这栋房子，并且把童年的秘密直接摊开在读者面前。

在这本新书中，"舍夫勒斯"这个词语有多重含义。首先，它指代舍夫勒斯公爵夫人，即玛丽·德·罗昂，她是一名法国贵族，因身处 17 世纪中叶法国的阴谋事件中心而闻名。主人公博斯曼斯爱读的书里有一本就提到了舍夫勒斯公爵夫人。其次，舍夫勒斯是法国伊夫林省的一个市镇，位于巴黎西南方向，拾级而上登到山顶，可以俯瞰整个小镇的优美风光。在小说里，舍夫勒斯成为博斯曼斯追寻过去绕不开的地名之一。最后，《舍夫勒斯》是帕特里克·莫迪亚诺在封城期间完成的，其中有一段时间，莫迪亚诺一家就是在舍夫勒斯山谷的圣福尔热小镇度过的。

《舍夫勒斯》是一本"重逢之书"，它将那些分散在旧作中的线索聚到了一起。其实，我们每次阅读莫迪亚诺的作品时，都会产生一阵恍惚，对于书中的情节和故事，我们常常会有一种自己经历过或者梦到过的错觉。似曾相识的地名、人名跃然纸上。茹伊昂若萨区曾出现在《如此勇敢的男孩》（1982）、《缓刑》和自传体小说《家谱》（2015）中。根据《家谱》的叙述，莫迪亚诺确确实实曾在伊夫林省库尔泽纳医生街 38 号度过了一段童年时光。《缓刑》里虚构的多尔代恩医生街在《舍夫勒斯》里变成了更为精准的库尔泽纳医生街，让叙述愈发趋近真实。其他地点诸如巴黎及其近郊的大街小巷就更不用提了，要知道我们的作家可是"行走的巴黎地图"。

《舍夫勒斯》的主人公让·博斯曼斯带有鲜明的作家自身的影子，这一点不用多说，让（Jean）可是作家最开始的名字。至于其他神秘的配角人物，也都似曾相识：《缓刑》的罗歇·樊尚，乔装打扮出现在《这样你就不会迷路》里，现在又如同"鬼魂"一般来到了《舍夫勒斯》，变成了居伊·樊尚。只需要看一看他们在深夜进行的秘密勾当，就能立刻辨明这群人的身影。博斯曼斯常常陪伴着的卡米尔·卢卡，又会让人不自觉想起《青春咖啡馆》中的露姬。至于罗丝 - 玛丽·克拉维勒，这个名字曾原封不动地出现在《家谱》里。

地点和人物之外，当然少不了连接着过去和现在的物品，它们作为某种物证，用来确定模糊不清的记忆真实存在过。《缓刑》里，鳄鱼皮香烟盒成了主人公帕托施解开过去谜团的珍贵工具。《这样你就不会迷路》里所描绘的卷宗、照片、电话簿等也是如此。同样，在《舍夫勒斯》中，无论是一只打火机、一本绿色的皮面日记，还是一个有多个表盘的手表、一本白色封套包装的旧版"七星文库"图书，它们都能把博斯曼斯拉回到往昔时光。还有那个不复存在的老式电话号码"奥特伊 15.28"，也在诉说着时间的流逝，成为历史的见证。

《舍夫勒斯》的扉页引用了一段奥地利诗人赖内·马利亚·里尔克的诗歌《一个小男孩死亡的安魂曲》：

> 我都牢记了些什么名字啊！
>
> 狗、牛、象，
>
> 如今如此久如此远竟还能认出来，
>
> 甚至是斑马——唉，有何用呢？

事实上，2020 年 10 月，莫迪亚诺刚为里尔克《马尔特·劳里茨·布里格手记》法译本写过序言，里尔克这部自传性作品的关键词可以总结为：童年、城市和死亡。由此可见两位作家的共同之处。莫迪亚诺在很多场合都表达过童年对他产生的影响，是童年构成了他日后创作的胚胎。孩童时期对周遭发生的一切感到难以理解，过去变成了一个个未解之谜，想要揭开谜底的欲望让莫迪亚诺转向写作。所以不妨把《舍夫勒斯》看作一首献给童年的安魂曲。

在《舍夫勒斯》中，让·博斯曼斯还有另一本钟爱的书籍——《沉默的艺术》。年幼的博斯曼斯就学会了沉默。他知道居伊·樊尚藏匿宝藏的地点，但是他什么也没有说。小说结尾，博斯曼斯回到了童年生活过的房子，登上楼梯来到带天窗的房间，看着面前白色光滑的墙壁。他知道，如今自己是唯一一个知晓这个秘密的人了。学会沉默的不只有博斯曼斯。经历过二战时德占时期巴黎的父辈们，也更加懂得保持缄默，仿佛这样就可以让幽暗的岁月从记忆中抹去。莫迪亚诺自称是"战争的孩子"，执意要凭借零散的碎片，追溯过去，探寻真相。这个特点在其早期的"德占三部曲"（《星形广场》《夜巡》《环城大道》）中尤其突出。在写作的过程中，作家自己也把沉默的艺术熟记于心，他认为小说家就是笔头胜过口头的人，小说家就应该混迹于人群里。

莫迪亚诺用自己独特的写作手法追忆似水年华，用写作对抗遗忘，开启一次又一次的"寻我之旅"。模糊的记忆之上是无比精确的名称，这让他的作品真真假假，虚实难辨。诺贝尔奖委员会的颁奖词称，莫迪亚诺以回忆的艺术，唤醒了最难以捉摸的人类命运。他被称作"我们时代的普鲁斯特"。如果说普鲁斯特寻找的是逝去的时光（à la recherche du temps perdu），那么莫迪亚诺寻找的或许是曾经的自我（à la recherche du moi perdu）。

年复一年，莫迪亚诺设置了一个又一个谜团，编织成一张巨大的蛛网。正如奥利维埃·亚当在《缓刑》2013年版的序言中所言，"每每读完一本，等待下本出版的迫切心情就更胜一筹，我迫不及待想要揭开那层薄纱，我们总以为会在下本书中做到这点，最后却发现还笼罩着另外的层层薄纱，人们急于亲自揭开，却无从知晓这最终是水落石出还是疑云渐浓……"

合上《舍夫勒斯》，我们仿佛做了一场梦。哪怕梦里都是似曾相识的场景、情节、人物、地点，也迟迟不愿从中醒来。我们翘首企盼着莫迪亚诺的下一本新书，期待着他又会带给我们什么样的惊喜。

2021 年 10 月

"在埃尔诺的写作中，为阶级复仇和为性别复仇是同一件事。"

安妮·埃尔诺：词语如磐石，写作似尖刀

　　2022 年度诺贝尔文学奖授予了法国作家安妮·埃尔诺，以表彰她"勇敢又确切地揭示了个人记忆的根源，疏离以及集体约束"。埃尔诺的作品带有鲜明的自传色彩，她以自身经历为切入口，书写根植于个体记忆的集体记忆。在她的笔下，个人的故事（histoire）和时代的历史（Histoire）相互交融，不可分割。写作对于埃尔诺而言意义重大，她声称如果没有写作，自己则无法活下去。"真正的生活是我置身于一本我知道即将要写完的作品之中。那个时候，我才真正感觉到我在生活，在好好生活。所谓好好生活，就是头脑里永远有要写的书。"

　　安妮·埃尔诺对写作有自己的理解和体会。2003 年出版的《写作似尖刀，和弗雷德里克 - 伊夫·热奈的访谈》收录了 2001 年至 2002 年间两人通过电子邮件往来的问答交流。2008 年，法国导演米歇尔·波尔特向

埃尔诺提议拍摄一部纪录片，纪录片于2013年在法国三台放映，片名为《词语如磐石，作家安妮·埃尔诺》，次年访谈稿出版成书，书名是《真正的归宿，与米歇尔·波尔特的对谈》（2014）。上述资料让读者有机会更加接近埃尔诺的写作世界。

安妮·埃尔诺1940年出生于诺曼底大区的利乐博纳，彼时正值战争时期，每当埃尔诺回忆起自己出生的城镇，总是将它和废墟、炸弹联系在一起，即便如此，城中心的公共花园依然给她留下了美好的回忆，埃尔诺将利乐博纳视作"失去的天堂"。在埃尔诺5岁的时候，全家搬到伊沃托，父母重操旧业，在当地经营一家咖啡杂货店。结婚成家之前，埃尔诺在伊沃托度过了童年和青年的大部分时光，因此尽管并非出生于此，她却把伊沃托看作她的"起源之城"。父母非常重视埃尔诺的教育，把她送到私立教会学校读书，埃尔诺成绩出色，顺利考入鲁昂大学。1963年，埃尔诺结婚成家，丈夫出身资产阶级。1967年，她通过了中学教师资格考试，并且获得了在高中任教的教职。工作和婚姻让埃尔诺实现了"阶级跃迁"。

然而根据埃尔诺的回忆，婚后最初几年是自己最痛苦、最有负罪感的时期。作为一名"社会内部移民"或者"阶级叛逃者"，她时常感到自己夹在两个阶级之间。1967年发生的两件事对埃尔诺的影响很大：一是父亲的病逝，二是她获得了第一份教职，学生大部分来自工农阶层。这两件事让她回忆起年少时在伊沃托的生活，让她知道了自己"应该"写什么："写我所知道的现实，写我所经历的事情。"然而埃尔诺忙于家庭和工作，很难抽出完整的时间进行写作。直到 1974 年，处女作《空衣橱》出版，作家以虚构人物"丹妮丝·莱苏尔"的口吻讲述了少女的成长史，尽管被贴上了"小说"的标签，但是不难从中看出其原型就是埃尔诺本人。第二部作品《如他们所说的，或什么都不是》（1977）的主人公名叫安娜（Anne），与作家本名安妮（Annie）更具相似性，仿佛是作家释放的某种信号，暗示了她的写作离事实更近了一步。第三部作品《被冻住的女人》（1981）基于埃尔诺自身的婚姻经历，这一次叙述口吻变成匿名的"我"，虚构和真实的边界愈发模糊，在访谈集《写作似尖刀》里，埃尔诺将这部作品看成是"转型之作"。

这三部尚属"小说"的作品让埃尔诺产生了一种强烈的撕扯感，这种撕扯感源于自己出身阶层所使用的平民语言和自己后天在学校习得的文学语言，换言之，也就是"被统治阶层"的语言和"统治阶层"的语言。真正的改变要等到《位置》（1983）问世。在这部聚焦父亲的作品中，埃尔诺直言她找到了解决撕扯感的方式。她告诉自己要摆脱高高在上的统治者姿态，否则只会让父亲及其阶层在已经遭受的统治之上再增加一层"语言统治"。为此一定要摒弃双重陷阱，既不用过分讲述悲苦，也无须吟唱大众赞歌。最终埃尔诺采取"平白行文"的写作风格，少用修辞和描写，以求文本直白，贴近事实，正如埃尔诺在《位置》中提到的那样："没有抒情的回忆，也没有胜利者的嘲讽，中性的写作对我来说很自然，这正是我曾经给父母写信报平安时所使用的风格。"如果说埃尔诺的前三部作品还属于"暴力写作"，那么从《位置》开始，暴力宛如一股情绪，

"渗入文本之中"，埃尔诺以这种方式对抗两种阶层和两种文化的撕裂。

事实上，安妮·埃尔诺找到这种写作方式的过程并不容易。在访谈集《写作似尖刀》里，埃尔诺表示，作品《位置》的一切，它的形式、声音、内容，都产生于痛苦之中。这份痛苦说不清道不明，夹杂着负罪感、不理解和反抗精神。1976年，埃尔诺写了《位置》的开头部分后，她没有办法继续下去，次年，她又写了100多页，再次搁笔。此后的6年里，她不断思考探索，寻找合适的写作方式和叙述姿态。1982年，她决定放弃虚构，以一种中性客观的风格重新书写文本，1983年6月完稿。《位置》出版后荣获次年勒诺多文学奖，埃尔诺在作品中描绘父亲的生活细节，进而呈现一个社会阶层的现实。介于文学、社会学和历史学之间的《一个女人》（1987）也是如此，母亲成为平民阶层女性的缩影。埃尔诺在《羞耻》（1997）中写道："不是在写故事，也不是在写回忆录，而是当一次我自己的人类学家。"她由12岁那年"父亲要杀母亲"的暴力事件开篇，以咖啡杂货铺为起点，用社会学的手法勾勒伊沃托的地形样貌，描绘当地平民阶层的生活图景以及他们的习俗、喜好、心理和价值观。正是通过"平白行文"的写作选择，埃尔诺感觉自己告别了文学的撕裂感。

埃尔诺有一本自1982年开始记录的写作日志，其中几个重要的事件以其发生的年份缩写成数字记录在笔记中，比如数字"52"指代上文提到的暴力事件，而"63"指代埃尔诺在大学时期的秘密堕胎经历。这段往事在处女作《空衣橱》里就曾出现过，只不过没有深入展开。然而这段记忆一直如影随形，紧紧萦绕在作家心头。直到40年后，埃尔诺出版了

《事件》（2000），她在作品中回顾了一段关乎时间与生死，关乎道德与禁忌，自始至终透过身体来感知体验的经历。如果说在那个堕胎尚未合法化的年代里秘密堕胎意味着需要承担巨大的风险，那么埃尔诺把这段经历赤裸裸地讲述给读者同样需要极大的勇气。正如作家所言，她的写作，无论是内容还是形式，都是一种"危险的写作"。

埃尔诺反复强调称："我不是一位写作的女人，而是一位写作的人。只不过这个人拥有一个女人的故事。"她书写自身作为女性的经验，她写性侵，写堕胎，她在《被冻住的女人》中描述自己破裂的婚姻，她对离婚后的情感经历也直言不讳。在《简单的激情》（1992）里，她讲述了自己和一位已婚俄罗斯外交官的情感经历。几年后，她又出版了这段感情期间记录的日记《迷失》（2001）。这并不是埃尔诺第一次采取这种"互补"的形式叙述同一件事，此前《一个女人》是围绕母亲的叙事文本（récit），而《我走不出我的黑夜》（1997）则是埃尔诺在养老院照看母亲期间记录的日记。埃尔诺往往先出版文本，再出版日记。在她看来，文本比日记更加客观冷静，超越了记录日记时所处的时空和情感，而日记作为一份"档案"，又可以对文本做进一步补充，使二者以互补的形式还原故事面貌，哪怕这样做要冒着揭露隐私的风险。和叙事文本《简单的激情》相比，日记《迷失》则显然更加生猛、暴力、直接。但埃尔诺也强调，她并非为了哗众取宠或者刻意创新，相反，她这样做只是为了找到适合每部作品的写作形式。

出版于2008年的《悠悠岁月》斩获了玛格丽特·杜拉斯文学奖等几

大奖项，进一步奠定了安妮·埃尔诺在法国乃至世界文坛的影响力。然而这部作品的构思可以追溯至 20 世纪 80 年代。埃尔诺穷尽多年只是为了寻找适合这本书的写作形式。在这段漫长的思考期间，她先后完成了《羞耻》《事件》等其他作品。2002 年，埃尔诺确诊乳腺癌，她决定立刻基于此前的笔记开始这项写作计划。在《悠悠岁月》里，埃尔诺依托 14 张在不同时间段拍摄的家庭照片，由个人经历延伸至社会历史，从第二次世界大战开始，经过法国抵抗运动、阿尔及利亚战争、堕胎合法化、性解放等一系列"大事件"，一直到 2007 年萨科齐当选法国总统，也就是埃尔诺成书之时。叙述口吻不再是第一人称单数"我"(je)，相反被"我们"(nous)、"她"(elle)和无人称泛指代词"on"所取代。埃尔诺凭借其独创的"社会自传"，使得《悠悠岁月》成为一代法国人的"记忆之书"。

《悠悠岁月》出版同年，曾经拍摄过伍尔夫、杜拉斯等作家的纪录片导演米歇尔·波尔特向安妮·埃尔诺发出邀约。拍摄工作于 2011 年 1 月开始，共持续 3 天，其中大部分场景都是在埃尔诺位于塞尔吉的家里完成的。埃尔诺离开伊沃托后，先后在波尔多和安纳西生活，1977 年，她搬到距离巴黎不远的塞尔吉，一直生活至今。在纪录片中，埃尔诺说她在塞尔吉找到了自己的位置。事实上，除了早期的两部作品《空衣橱》和《如他们所说的，或什么都不是》之外，埃尔诺的其他作品几乎都是在塞尔吉的家里完成的。埃尔诺对这里有着深厚的感情，她直言自己无法在酒店或其他地方进行创作。过去的四十多年间，埃尔诺见证了这座新城的变化，也为塞尔吉留下了文字的印记。她观察塞尔吉通往巴黎的快线列车上的景象，她描绘欧尚等大超市里面的人群，这些在《外部日记》（1993）、《外面的生活》（2000）、《看那些灯光，亲爱的》（2014）等作品中均有所呈现。埃尔诺说，她想在写作中打破社会阶层，使用一种"所有人的语言"去描摹日常图景。

埃尔诺刚搬到塞尔吉的时候，这里还是一座正在开发的新城。年复一年，埃尔诺见证了塞尔吉的变化，也让她想到童年和青少年时期所生活过的伊沃托，彼时这座诺曼底小镇正在法国经济"黄金三十年"的背景下蓬勃发展。过去的经历和当下的生活交织重叠，一段记忆悬浮在另一段记忆之上，埃尔诺将之称为"重写本"（palimpseste），意思是把已经写过字的羊皮纸上的字迹刮掉或者洗掉，然后在此页重新书写其他文本。埃尔诺擅长堆叠记忆的层层图像，她的写作宛若"隐迹纸本"，一次又一次地重复书写相同的主题和经历，轻轻擦拭新作又依稀可以辨认出旧作的痕迹。在《年轻男人》（2022）中，埃尔诺就使用了"重写本"的手法，作品讲述了发生在 20 世纪 90 年代的一段往事：她在 54 岁时和一个 24 岁的年轻男人相恋。交往期间埃尔诺听到了南希·霍洛韦的歌曲《Don't Make Me Over》，这让她想起了 20 世纪 60 年代，想起了她在大学时的男友，想起了当年秘密堕胎的经历。埃尔诺声称自己对歌曲非常敏感，歌曲连接了她人生的各个阶段，每首歌都能带来与之相对应的图像、感觉与回忆，成为她个人甚至集体的"小玛德莱娜蛋糕"。埃尔诺也痴迷于照片，在她看来，照片是写作的催化剂，是岁月的见证。埃尔诺经常在文本中穿插对照片的描述，这一点在《位置》《一个女人》《羞耻》《悠悠岁月》等大部分作品中均有所体现。

安妮·埃尔诺认为，写作一定要"具体"。提到写作，她联想到两个意象：石头和尖刀。她认为，写作好比"掏出河水深处的石头"，在写作中，词语一定要如同磐石般坚硬牢靠，固定在纸张上无法移动。她把写作比喻成"一把尖刀"，她将写作视为自己的武器，用来对抗来自两个不同阶层之间的撕裂感，用来揭露两种性别之间的不公正。在埃尔诺的写作中，为阶级复仇和为性别复仇是同一件事。埃尔诺强调，她并未想要挖掘生活的昏暗面，也不想回忆自己的过去，更何况她对自己的过去并不感兴趣，她要做的是"破译一种情境、一个事件、一段爱情关系，从而揭示只有写作才能使之存在，并且传递给他人意识和记忆的东西"。她把自己看成"一种经验的总和，同时也是一种社会、历史、性、语言等决定性的总和，持续不断地和世界（过去与当下）进行对话"。因而，她希望自己的写作更具有普遍性和集体性。埃尔诺将作品合集命名为《书写生活》（Écrire la vie，2011），这里使用的是"生活"（la vie），而不是"我的生活"（ma vie）。或许，当文学以一种非特定、无人称的形式书写时，才能抵达更加具有普遍性的真相。只有这样，文学才能"打破孤独"，使个体关于羞耻的体验、激情的体验、嫉妒的体验、痛苦的体验得以与他人共享，实现个体独特性与世界普遍性的融合。

2022 年 11 月

"它是安妮·埃尔诺对时间与写作意义的叩问，如此赤裸裸，宛若一把锋刀。"

《年轻男人》：我在写作中毫不畏惧

　　2022 年 5 月，年近 82 岁的法国作家安妮·埃尔诺推出新作《年轻男人》，距离她的上一部作品《女孩的记忆》（2016）已经过去六年了。同一时期，著名的"埃尔纳手册"丛书推出了《安妮·埃尔诺手册》。上述两部作品问世后，安妮·埃尔诺接受了一系列媒体采访，当《读书》杂志问起她对于近年来自己出现在诺贝尔文学奖候选人名单上有什么想法时，安妮·埃尔诺表示，它不过是一连串奖项中的一个。从时间的维度看，它没有任何意义，她提到 1920 年获得诺贝尔文学奖的瑞典女作家西格丽德·温塞特，"我是因为她的作品发现了她。我们选择阅读一部作品，是因为其文本的价值，而不是诺奖的头衔"。没有想到的是，就在几个月后，2022 年度的诺贝尔文学奖授予了安妮·埃尔诺。她也成为首位获得该奖项的法国女作家。消息宣布后不久，埃尔诺表示："对我来说，这既是一份巨大的荣誉，也是一份重大的责任。"

安妮·埃尔诺获此殊荣当然实至名归。截至目前，她已经出版了20余部作品，其中1974年出版的处女作《空衣橱》即入围龚古尔文学奖候选名单，1983年出版的作品《位置》获得次年勒诺多文学奖，2008年的《悠悠岁月》更是斩获玛格丽特·杜拉斯文学奖等几大奖项，进一步奠定了作家在文坛的地位，该部作品描绘了根植于个体记忆的集体记忆，开创了无人称"社会自传"的新形式，让安妮·埃尔诺成为一代法国人甚至欧洲人的"代言人"。2017年她凭借全部作品荣获玛格丽特·尤瑟纳尔奖。近年来，根据其作品改编的电影《纯粹激情》《正发生》相继上映，也进一步增加了埃尔诺在法国乃至世界的知名度。

安妮·埃尔诺1940年出生于诺曼底大区的利乐博纳，5岁时全家搬到伊沃托，父母在当地经营一家杂货店，属于工人阶层。刻苦读书的埃尔诺考上鲁昂大学，毕业后成为一名中学法语教师。1963年，她嫁给资产阶级出身的菲利普·埃尔诺，在职业和婚姻层面双双实现"阶层跃迁"。她在20岁的时候立下誓言："我要写作，为我的阶层复仇。"因而，在安妮·埃尔诺的作品中，社会阶层差异是其笔下常见的主题之一，《年轻男人》自然也不例外。尽管新作正文只有30页左右，却宛若一颗精雕细琢的宝石，凝结了作家作品的经典元素，成为一把通往安妮·埃尔诺世界的小钥匙。

在新书里，安妮·埃尔诺以第一人称的口吻讲述了发生在20世纪90年代的一段往事：54岁的自己和一个24岁年轻男人之间的爱情故事。

年轻男人是她的读者，给她写了一年的信以后，提出想要见见她。他们就这样在一起了。年轻男人住在鲁昂市，她常常利用周末去看他，两个人在公寓的床垫上做爱。事实上，这个年轻男人并不是第一次出现在安妮·埃尔诺的作品中，早在《悠悠岁月》里就有其身影，当时他还只是被简单地称作"年轻男人"。

这一次，我们对他的出身背景和生活习惯有了更多的了解：他名叫A，还是名学生，他的父母住在巴黎近郊，靠着微薄的收入度日，他本身自然也没有什么收入，只买最便宜的打折商品，在大超市里搜寻用作试吃的奶酪，由于没有手表就跑到停车收费机去看时间，等等。安妮·埃尔诺在年轻男人身上看到了"一种持续性、继承性的经济匮乏"，也让她想到了自己所出身的"平民阶层"。

安妮·埃尔诺认为，经济因素是感情生活的一部分。在《年轻男人》中，她将二人的关系描述成一种"互惠"的关系：年轻男人给她带来了快乐，让她重新体验了新鲜事物，而她为年轻男人提供物质条件，带他去餐厅，带他去旅行，让他可以不用工作且没有金钱之忧，这样他就能拥有更多的时间来陪伴她。在作家看来，这是一个"平衡的市场""一个不错的交易"，更何况是由她来"制定规则"。埃尔诺特别强调，"给予"也是"索取"，她的所做所为并非"依附于他"，而是"重建秩序"。

如果对比安妮·埃尔诺过去的婚姻生活，无论是自传体作品《被冻住的女人》（1981），还是与作家弗雷德里克-伊夫·热奈的对谈集《写作似尖刀》（2013），都能发现她曾在婚姻中处于"被统治"的位置。然而，这一次无疑是一种"阶级的颠倒"：当她和年轻男人在一起时，无论是经济上还是文化上，她都占据绝对的掌控权。"过去和我丈夫在一起时，我觉得自己是人民的女儿；这次和他在一起时，我成了一个资产阶级。"

不仅仅是社会阶层差异，还有相隔30岁的年龄差异，特别是这对"组合"还是一位年长的女性和一位年轻的男性。当他们二人走在路上，在餐厅吃饭，或者躺在沙滩上，周围的人群总会投来异样的目光，有人甚至把这场"年下恋"看作一种"乱伦"，一种比同性感情更加让他们无法接受的存在。面对路人的神情，安妮·埃尔诺想到一件发生在她18岁时候的事情：当时她因为穿的裙子太紧而引来路人注目，母亲为此斥责她，让她"穿得规矩点"。安妮·埃尔诺觉得自己又一次成为"丑闻女孩"，"只不过这一次，没有一点羞耻，取而代之的是一种胜利的感觉"。

安妮·埃尔诺在新作《年轻男人》里直言不讳地表示，如果和一位同龄男性在一起，对方的衰老会时刻提醒着自己也在衰老，相反，和年轻男人在一起，她感觉自己也变得年轻。男性深谙这个道理，所以他们可以和比自己年轻的女性在一起，"我不觉得凭什么我就不可以"。不仅如此，埃尔诺还写道，在当前的性别市场上，同龄人的行为可以带给其他女性以"希望和勇气"。有时候，当她看到同龄女性的眼神，作家仿佛感受到隐藏在她们内心深处的一个"简单逻辑"："如果她能讨他喜欢，那就说明他喜欢成熟的女性，我为什么不可以呢？"在法国，说起这样的"组合"，首先会想到总统马克龙和比他年长24岁的夫人。在访谈中，自然也有主持人问起安妮·埃尔诺如何看待他们二人，作为回答，埃尔诺用了"勇敢"这个词。

在《悠悠岁月》一书中，当作家谈到这段经历时，她多次使用"重演""再现""重复"这样的字眼。在新作中，她也写道："和他在一起，我经历了我生活的所有岁月。"年轻男人想和她拥有一个孩子，这个想法让她感到困扰，因为她已经无法生育。一天，在马德里餐馆吃饭的时候，安妮·埃尔诺突然听到了南希·霍洛韦的歌曲《Don't Make Me Over》，思绪一下子把她拉到20世纪60年代：1963年11月，在那个堕胎尚未合法化的年代，还是学生的她不得不想尽办法秘密流产。当时的男友，也就是腹中孩子的父亲认为，这首歌表达了一种疯狂的爱，一种被抛弃的感觉。在作家看来，这正如她当时所处的境遇。安妮·埃尔诺看了看对面的年轻男人，他不过比学生时代的男友稍稍年长几岁。如果说在此之前，这首歌只会让她想起昔日校园时代，想起当时的男友，那么此后，她也会记起这家西班牙餐馆，记起年轻男人，后者是隶属于前者的"次要记忆"。

的确，安妮·埃尔诺擅长于将过去的"图像、经历和年月堆叠在一起"，就像她在《悠悠岁月》中所描绘的："她感觉到生活中的一些时刻，一些时刻漂浮在另一些时刻之上。这是一种性质不明的时间，一种现在与过去重叠但又不混淆的时间，她觉得转瞬之间重新纳入了她生存过的全部形式。"这种"永生与死亡并存"的感觉如同一种迹象，预示了他和年轻男人的分离："他在我生活中饰演时间领座员的使命已经完成，我对他的启蒙或许也是如此。"在新作《年轻男人》中，有一个特别要提及的巧合：从年轻男人的房间窗户朝外望去，是一座主宫医院，当时正在施工以改造成市政府建筑。这家医院恰好是1963年安妮·埃尔诺秘密堕胎后，由于大出血被送往救治的医院。或许这个地点勾起了安妮·埃尔诺的回忆，在和年轻男人交往期间，她着手撰写一个讲述自己堕胎经历的文本。她越发深入地书写这个在年轻男人出生前就发生的事情，她就越容易产生一种想要离开他的想法。驱逐、分离、割裂，就像30多年前她对待腹中的胎儿那样。就在二人分开的三年后，也就是2000年，《事件》一书出版。

安妮·埃尔诺有一本专门的写作日志，记录了她在日常创作中的所思所想。2011年9月，这些手稿出版成册，题为《黑色工作室》，今年2月，增订版问世。在"1995年"章节，安妮·埃尔诺提到了她正在构思的《年轻男人》，她还用了"更危险"这样的修饰语来加以补充。又过了5年，在"2000年"章节，再次出现了《年轻男人》的字眼。据安妮·埃尔诺介绍，《年轻男人》的初稿大多写于1998年至2000年期间，2000年，她觉得没有必要再继续写这个文本，便选择停笔。草稿一度被放在抽屉里，直到近年在为《安妮·埃尔诺手册》整理材料的时候，她发现了这份手稿，她对自己说：要把它写完。就像作家在《年轻男人》序言中所言："如果我不把这些事情写下来，它们就没有结束，它们只是被经历过而已。"

安妮·埃尔诺说："我在写作中毫不畏惧。"她写堕胎，写性侵，写破碎的婚姻，写难以启齿的经历，写不被世俗接受的情感，写一些被社会看作禁忌与挑战的话题。同时，安妮·埃尔诺从来没有拘泥于自我，她书写平民阶层，她为女性群体发声，她立足个体记忆描绘时代影像，她的作品总是带有一定的"普遍性"，所以她的写作从来不是孤独的。安妮·埃尔诺在 20 岁的时候就立下誓言要写作，对于她而言写作胜过一切，是"最高级的快乐"。《年轻男人》不是简单的爱情故事，而是历经悠悠岁月，战胜了阶级歧视、年龄歧视、性别歧视之后的强大又充满力量的哲思之作。它是安妮·埃尔诺对时间与写作意义的叩问，如此赤裸裸，宛若一把锋刀。

2022 年 10 月

"埃尔诺笔下的'伊沃托'宛若一块试验田，它也可以是巴黎，是兰斯，是都柏林，是你我每个人的故里……"

回到伊沃托，回到记忆之城

埃尔诺生于 1940 年，5 岁时全家搬到伊沃托，18 岁之前，她几乎没有离开过这座小镇。即使高中毕业考入鲁昂大学修读文学专业，由于鲁昂和伊沃托相隔不远，她常常利用周末往返两地。直到 24 岁结婚成家，她才算是真正离开了伊沃托。此后的年月里，她因探亲回过几次故乡，但从未以作家的身份重返伊沃托。2012 年，应伊沃托市政府邀请，埃尔诺在当地图书馆和读者见面，举办了一个面向近 500 人的讲座。次年，演讲实录整理成书出版，名为《回到伊沃托》（2013）。2022 年又推出全新修订版，埃尔诺特别为新版撰写了序言，并在书中添加了很多宝贵的第一手资料，包括埃尔诺的家庭照片、日记片段、学校成绩单、六年级的写作练习、写给朋友的书信，等等。

安妮·埃尔诺在伊沃托生活成长，伊沃托对她的意义不言而喻，她将伊沃托视作她的"起源之城",是她写作的"不朽之地"。埃尔诺的父母在伊沃托经营咖啡杂货店,全家人的卧室就在店铺楼上,埃尔诺的生活几乎没有私密性。杂货店位于伊沃托的城乡接合部,大部分顾客来自平民阶层,其中有人因为一时拿不出钱而赊账。杂货店不同于后来兴起的大超市,它的生存维系依托于邻里关系,这里每天人来人往,彼此相熟,埃尔诺可以叫出每个顾客的名字,知道每个人家里的故事。这些当地顾客都曾出现在她的处女作《空衣橱》(1974)中,只不过被"改头换面"。尽管作品被贴上了"小说"的标签,但是不难发现整个叙事基于埃尔诺本人的成长经历,没有言明的背景地自然就是伊沃托。

伊沃托是埃尔诺的"记忆之城",是她的永恒牵挂。在埃尔诺看来,有关伊沃托的记忆和她的写作以一种"不可分离"甚至是"无法抹去"的形式紧密联系在一起。在一些作品中,埃尔诺直接使用"伊沃托"这个真实的地名,比如《一个女人》(1987)、《悠悠岁月》(2008)、《另一个女儿》(2011);在另一些作品中,伊沃托被缩写成"Y市",比如《位置》(1983)、《羞耻》(1997)。对年少的埃尔诺来说,伊沃托代表了现实世界的边界,她在《羞耻》里这样写道:"在1952年时,我对Y市以外的世界一无所知。对于我,不存在其他的地方,不存在其他的世界。"

伊沃托的区隔现象非常明显,这种区隔更多的是一种社会意义上的区隔,也就是资产阶层和平民阶层的区别。埃尔诺出身平民阶层,这个阶层的人讲话夹杂着方言土语,开着粗俗的玩笑,他们从未去过博物馆,更不懂欣赏艺术。如果要去市中心,他们会说"我要进城了","进城"

则意味着进入一个不属于他们的地方，在那里，他们的言行举止会被另一个阶层的人评头论足，稍不留神，"他人目光之地"就会变成"羞耻之地"。尽管埃尔诺的家庭并不算非常富裕，但是父母格外重视她的教育，把她送到私立教会学校读书。在学校里，埃尔诺真切地感受到了阶级的差距，"羞耻感"在她身上蔓延。她曾因父亲的法语讲得不标准而向他抱怨："你们一直都说不好话，你们怎么能要求我不被老师揪出来批评啊？"在埃尔诺的青少年时期，因为语言不规范引发的家庭争吵甚至比因为经济条件不宽裕引发的争吵还要多。

在伊沃托的演讲中，埃尔诺还说了一个从未在作品中提过的故事：有次上课前，班上一个家庭条件好的女生突然大喊："谁身上有一股消毒水的味道？我简直受不了这个味道！"埃尔诺知道这个味道来自她身上，因为她家没有自来水，全家人都是在盆里洗手。对于平民阶层来说，作为洗衣服的必备品，消毒水是干净的象征，然而，对于资产阶层而言，消毒水的味道具有了某种社会阶层属性，是"女佣的味道"，是"下等人的味道"。埃尔诺为此感到羞耻。"我恨那个女生，但我更恨我自己。"埃尔诺说她不是恨自己羞于承认真相，而是恨自己把手浸在盆里，恨自己不懂另一个阶层的好恶，才让对方有了羞辱自己的机会。

对埃尔诺而言，一切羞耻的根基都要回到1952年6月15日："那是六月的一个星期天，中午刚过，我的父亲要杀我的母亲。"作品《羞耻》就是这样开篇的。发生这起事件那天是埃尔诺"童年时代记忆最深刻、最清楚的日子"，如同梦魇一般，萦绕在作家心头，久久挥之不去。

直到很多年后，埃尔诺才鼓起勇气把它写下来。埃尔诺在书中明确表示，她不是在写故事，也不是在写回忆录，相反，她想追根溯源，做一次自己的人类学家。埃尔诺采用社会学的手法，从事件发生的咖啡杂货铺出发，将写作视角延伸到小镇伊沃托，她不仅详细刻画了伊沃托的地形地貌，还以"清单"的形式列举了平民阶层的日常图景，把当地人的生活情况、规则习俗、使用的语言一一展示给读者。因为在埃尔诺看来，这一切都是羞耻的象征。

离开伊沃托，逃离平民阶层，有两个渠道：一个是学校里的知识，另一个是阅读。正是这两者将埃尔诺从她的原生阶层连根拔起。在《位置》里，埃尔诺写道："当我开始结识Y市的小资产阶级，对方问起我的喜好，是爵士乐还是古典音乐，达迪还是勒内·克莱尔，我明白我已经属于另一个阶层了。"埃尔诺学习用功，成绩优异，她考入鲁昂大学，毕业后通过了中学教师资格考试，获得了高中的教职工作，成功实现了"阶级跃迁"。离开伊沃托后，埃尔诺先后在波尔多和安纳西生活，1997年她搬到距离巴黎不远的新城塞尔吉，一直生活至今。年复一年，她见证了这座新城的修建工程，也让她想起了20世纪50年代在法国经济"黄金三十年"背景下施工建设的伊沃托。塞尔吉如同伊沃托的"镜像"，把埃尔诺的思绪拉到遥远的往昔岁月。

对安妮·埃尔诺而言，伊沃托具有鲜明的矛盾性：一方面伊沃托是她的幸福之地，她在那里学习知识，开启阅读，这两者塑造了她的品格；另一方面，伊沃托也是她的羞耻之地，让她感受到阶级的差异，激发了她想要写作的欲望。在诺贝尔文学奖获奖演说中，埃尔诺提到自己曾"傲慢而天真地认为，就算我是失地农民、工人和小商贩的后代，就算祖先因行为举止、口音、缺乏教育而饱受蔑视，写作并成为一名作家，足以弥补因家庭出身而遭到的社会不公"。伊沃托在她的写作中占据重要的位置，成为她挥之不去的"记忆空间"。这座"记忆之城"保存堆叠了她的种种过往经历，共同构成了埃尔诺的记忆图像，宛若一个"重写本"，擦除了又再次浮现。埃尔诺表示，她所书写的伊沃托都是基于她记忆之上的伊沃托。如果出现了写作与实际不符的情况，那也是记忆的偏差，她从未想过篡改事实。《空衣橱》写完两年后，她回到伊沃托，彼时她已经八年没有重回故乡了。然而当她走在伊沃托的街道上时，她发现眼前真实的伊沃托和她写作时记忆中的伊沃托并不一样。所以，埃尔诺才会说，是感觉记忆，特别是儿童时期的感觉记忆催生写作，而不是现实催生写作。

安妮·埃尔诺在《位置》的扉页引用了一句热奈特的话："当人们背叛之后，写作便成为唯一的求助方式。"作为一个"社会内部移民"，埃尔诺书写平民阶层，致力于"深入挖掘那些记忆中被压抑的、无法言说的东西，去揭示我的阶层是如何生活的。写作是为了理解使我与自己的根源日益疏离的内外因。"埃尔诺年轻时曾立下誓言："我要写作，为我的阶级复仇。"今天埃尔诺自称难以说清是否已经实现当年许下的承诺。然而有一点毋庸置疑，"正是从我的阶级，从我的先辈，从那些因辛勤劳作而过早离世的男男女女那里，我拥有了足够的力量和愤怒，才有了要在文学中为他们留出一席之地的愿望和雄心"。

写作成为埃尔诺的一种痴迷，她以个人记忆为切入口，书写集体记忆与普遍现实。埃尔诺在访谈集《真正的归宿》（2014）里写道："我确信那些曾经穿过我的东西也一定穿过了其他人。"她希望书中的"我"以某种方式变得透明，这样读者的"我"便可以完全融入书中的"我"，使其作品更加具有普遍性。埃尔诺在发表诺贝尔文学奖获奖演说时称，这项最高的文学荣誉并非她个人的胜利，而是一场集体的胜利。对埃尔诺而言，回到伊沃托，是回到根基之所在，是对"我是谁""我来自哪里"的深刻叩问。埃尔诺笔下的"伊沃托"宛若一块试验田，它也可以是巴黎，是兰斯，是都柏林，是你我每个人的故里……

2022 年 12 月

"叙事之外，作家通过书中人物的口吻阐发了他对当前政治、生态、科技、社会的看法，借由写作发出终极疑问：究竟什么才是人类的生存本质？"

《异常》：真实与虚构之间

尽管姗姗来迟，法国文学界对 2020 年度龚古尔文学奖依然充满关注与期待。艾尔维·勒泰利耶凭借其作品《异常》以 8 票对 2 票战胜了梅尔·雷诺德的作品《王国史官》。艾尔维·勒泰利耶发表获奖演说时表示："我们从来不会期待像龚古尔文学奖这样的奖项。首先我们不是为了获奖而写作，其次我们也无法想象会获得这项殊荣。"

勒泰利耶出生于 1957 年，著有小说、诗歌、戏剧等多部作品。在大学期间，他主修数学和语言学，从事过数学教师、记者、编辑等职业。自 1991 年起，他受邀加入"法国文化"旗下的节目《头上的虱子》，直至 2017 年这档节目不再录制。得益于丰富的经历，勒泰利耶的写作风格十分多变，他几乎从来不会书写两本相似的作品。比如 2016 年出版的《我和弗朗索瓦·密特朗》，语言诙谐幽默，2017 年出版的《每一个幸福的家庭》则是一部充满了苦痛和忧伤的作品，2020 年的科幻小说《异常》又是凭借哪些独到之处赢得了评委的青睐呢？

《异常》的故事设定在 2021 年 3 月 10 日，从巴黎飞往纽约的航班上共有 13 名机组人员和 230 名乘客，他们中有杀手、律师、歌手、作家、建筑师等各色人物。飞行过程中，飞机突遇异常的恶劣天气，颠簸不止，好在有惊无险，最后安全着陆，每个人继续各自的生活。然而，3 个月后，6 月 24 日，一件更为异常的事情发生了：同一批乘客，同一条航线，同一架飞机在纽约降落。机组人员和乘客被美国联邦调查局扣押在一个军事基地以便查清真相。在那里，他们见到了和自己一模一样的另一个"自己"，为了区分完全相同的两个人，联邦调查局分别称呼为"X 三月"和"X 六月"。相同的外表、相同的性格，唯一的区别就在于"X 六月"只拥有截至 3 月份的记忆，即"X 六月"不曾经历"X 三月"在 3 月份至 6 月份期间所发生的事情。千万不要小看三个月的时间，在这期间，乘客中有人自杀身亡，有人患病去世，有人怀有身孕，有人遇到真爱……当"我"与另一个几乎完全相同的"我"相遇，这件事本身已经足够异常了，而后两人还要共同分享姓名，共同分享亲友，共同存在于这个世界，故事变得更加匪夷所思。

在访谈中，艾尔维·勒泰利耶曾表示自己一直想写一部人物众多的小说，那么面对如此庞杂的故事，作家又是如何处理叙事的呢？在《大书店》节目中，作家用几股绳子拧在一起的画面形象地解释了他独特的叙述方法，一个人物宛若一根绳子，自成一个章节，各个章节串在一起，立体多面的各色人物便交织成一个完整连贯的故事。在《异常》这本书里，每一个章节以一个人物为主线，比如翻开第一章，12 页精彩入胜的侦探故事，刻画了杀手布莱克的作案经过。当第二章的主人公跳转到另一个人物维克多·米赛尔，第三章跳转到露西时，章节的写作风格又发生了变化，或是侧重心理描写，或是讲述爱情故事。作家似乎很享受这种"小说中的小说"形式，他坦言这给了他更多机会去尝试不同的风格。在这种独特的叙事模式下，小说的主题也得以拓展，战争、疾病、暴力、情感、宗教、环境、科技，等等。不仅为小说带来了更多的受众，也让读者能自由地徜徉其中，体验不同的阅读感受。

艾尔维·勒泰利耶于 1992 年加入"乌力波"，2006 年专门撰写了一篇题为《乌力波美学》的文章，自 2019 年起他开始担任"乌力波"主席。所谓"乌力波"是由雷蒙·格诺等人于 20 世纪 60 年代发起的一项文学运动，其追随者包括乔治·佩雷克、伊塔罗·卡尔维诺等作家，也不乏一些艺术家，其目的是创造一种"受约束的文学"。《异常》这本书分为三个部分，标题均取自雷蒙·格诺的诗歌："像天空般黑暗""他们说生活是一场梦""虚无之歌"，似乎是作家在向"乌力波"发起人致敬。而小说中人物的交织与风格的杂糅也完美地回应了"乌力波"追随者发出的挑战："在约束下创造的当代文学。"

艾尔维·勒泰利耶表示，之所以选取不同职业、年龄、身份、性格的人物进行刻画，是为了尽可能展现人类在面对异常后的不同反应。小说中，当两个完全相同的"我"相遇后，又会发生什么故事呢？最简单的当属维克多·米瑟尔，因为"维克多三月"已经自杀，所以"维克多六月"不存在分身的烦扰。但其他人物则不然。比如对于歌手"苗条男孩"，他在看到自己的分身后，二人决定组成组合，化身"苗条男士"。对于机长大卫，"大卫三月"已身患绝症，但是治疗效果并不乐观，他的亲人寄希望于"大卫六月"，希望可以借此尝试另一种疗法。又或者，对于乔安娜，"乔安娜三月"和"乔安娜六月"都深爱着丈夫，唯一的不同就是"乔安娜三月"有了身孕，"乔安娜六月"选择忍痛离开。通过书写不同的故事及人物做出的不同选择，作家希望唤起读者对自我的认识，对人与人关系的思考：是剥夺对方，牺牲自我，彼此合作，抑或其他？

勒泰利耶坦言，这本科幻小说的构思受到了瑞典哲学家尼克·博斯特罗姆理论的启发，后者认为地球上的智能生命最终将创造出独特的复合体。作为一名数学家和科学爱好者，勒泰利耶也在作品中展现了其扎实的数学知识和科学功底，他试图在小说中对飞机及乘客被"复制"这件事从多方面加以解释：神学、3D 打印、虫洞，抑或我们本身就处在一个巨大的数字模拟世界之中。作家在书中提出了疯狂的假设："我们是否生活在一个充满幻觉的时代，每个世纪不过是大型计算机处理器中的千分之一秒？死亡到底是什么？一行代码上简单的'结束'二字？抑或是其他？"小说开篇引用了《庄子》之语："不知周之梦为蝴蝶与，蝴蝶之梦为周与？"真真假假、虚虚实实，勒泰利耶杜撰了两个相同的"我"同时存在的异常情节，从个体的角度刻画人与自我、人与他者的关系，同时引申到人类群像，即描绘人类与世界的关系。叙事之外，作家通过书中人物的口吻阐发了他对当前政治、生态、科技、社会的看法，借由写作发出终极疑问：究竟什么才是人类的生存本质？

最后，《异常》的结尾不同于传统小说，作家用字母拼成了一个沙漏的形状，读者可任意想象，自行去解开谜题。我们从中可以辨认出"ulcérations"，这是乔治·佩雷克创造的经典"乌力波"练习以及"sable"（沙子）" fin"（结束）等词语。作家和读者玩了个游戏，让这部本就独特的小说变得更加不同寻常。

2020 年 12 月

"《人类最秘密的记忆》所呈现的，是对历史的反思，对身份的叩问，也是对文学的歌颂。"

《人类最秘密的记忆》：寻找背后的文学颂歌

有人将 2021 年称作"非洲文学之年"。10 月 7 日，2021 年度诺贝尔文学奖颁给英籍坦桑尼亚作家阿卜杜勒 - 拉扎克·古尔纳，随后 11 月 3 日，两大文学奖项于同一天揭晓，南非作家达蒙·加尔格特凭借小说《承诺》荣获 2021 年布克奖，塞内加尔作家穆罕默德·姆布加尔·萨尔凭借《人类最秘密的记忆》荣获 2021 年法国龚古尔文学奖。巧合的是，1921 年，马提尼克岛作家勒内·马兰凭借《巴图阿拉》获得当年龚古尔文学奖，也是首位获得该奖项的黑人作家。一百年后的今天，年仅 31 岁的萨尔成为 1976 年后最年轻的龚古尔文学奖获得者。

萨尔 1990 年出生于塞内加尔。2009 年，他来到法国，先是在贡比涅小城学习大学预科，而后进入法国社会科学高等学院继续深造，其研究方向是非洲文学，特别是学习研究塞内加尔诗人桑戈尔。萨尔感到难以同时兼顾写作和研究，于是选择专注于文学创作。作为一名年轻的"90后"作家，《人类最秘密的记忆》已经是萨尔的第四部作品。2015年《围困之地》和2017年《合唱团的沉默》分别涉及非洲萨赫勒地区的恐怖主义和西西里岛的非洲难民问题，出版后荣获多个文学奖项。2018年，《纯洁的人》较之前风格有所区别，采用第一人称，直指塞内加尔的同性恋话题，这也是萨尔首次和法国独立出版社菲利普·雷合作。这家出版社与另一家位于塞内加尔达喀尔的出版社吉姆森共同出版了萨尔的第四部小说《人类最秘密的记忆》，成为2021年秋季入围最多文学奖项的作品，包括费米娜奖、勒诺多文学奖、法兰西学院大奖等8大文学奖项，最终荣膺法国最负盛名的龚古尔文学奖。近年来龚古尔文学奖多由伽利玛、阿尔宾·米歇尔等大出版社轮流霸榜，上一次奖项花落小型出版社还要追溯至1984年玛格丽特·杜拉斯在午夜出版社出版的《情人》，2021年的这一结果也是对当前出版多样发展的鼓舞和肯定。

小说《人类最秘密的记忆》描绘了年轻的塞内加尔作家迪干那·拉提尔·法耶寻找另一位神秘作家 T.C. 埃利曼的故事。根据小说的介绍，T.C. 埃利曼出生于塞内加尔，一生只出版了一部作品，即1938年《没有人性的迷宫》：一位国王同意焚烧王国里的老人来换取绝对权力，国王把这些老人的骨灰撒在宫殿周围，那里很快长出了一片森林，这片可怕的森林也被称作"没有人性的迷宫"。当年作品出版后即备受关注，作家埃利曼也被评论界赞誉为"黑人兰波"。然而，作家始终隐藏在作品的背后，从未公开出现在媒体的镜头前，质疑声接踵而至，有人对埃利曼的黑人作家身份提出了疑问。没过多久，法兰西公学院的一位教授发文声称这部作品抄袭了非洲民间故事，对此埃利曼不仅没有现身自证清白，反而彻底销声匿迹，《没有人性的迷宫》一书也被迫销毁，在之后的很长时间里被人遗忘。大约一个世纪后，我们的主角，迪干那，意外阅读到这部作品，想要解开当年谜团的愿望让他踏上了未知的寻找之旅。

毋庸多言，小说中的寻找者迪干那身上有着太多作家萨尔自身的影子，而被寻找者 T.C. 埃利曼的原型则来自马里作家洋博·乌奥罗桂安。1968 年，年仅 28 岁的乌奥罗桂安出版了第一部小说《暴力的义务》，获得当年勒诺多文学奖，他也是第一位荣获该奖项的非洲作家。然而，几年后这部作品被指控抄袭安德烈·施瓦兹·巴尔、格雷厄姆·格林、莫泊桑等作家。尽管乌奥罗桂安发文为自己正名，但是收效甚微，在种种争议之下，乌奥罗桂安选择退出文坛。2017 年，他在马里去世。一年后，其作品《暴力的义务》在门槛出版社再版。正如扉页所写，《人类最秘密的记忆》也是萨尔献给乌奥罗桂安的作品。

在小说《人类最秘密的记忆》里，寻找的过程并不容易。神秘的埃利曼并没有留下太多信息，迪干那不得不根据仅有的线索一层层抽丝剥茧。迪干那遇到了在不同时间段接触过埃利曼的人，根据他们的回忆和叙述，拼凑出埃利曼在人生不同阶段的一个个侧面速写：无论是儿时在非洲成长的埃利曼，还是日后来到法国进行写作并出版了第一部也是唯一一部作品的埃利曼，抑或是前往布宜诺斯艾利斯寻找某个人踪迹的埃利曼以及最后年迈之际再次回归非洲故乡的埃利曼……正如几年前萨尔在接受访谈时所言：文学可以是一种更深入地接近现实的特殊渠道。在虚拟的文学世界里，读者一路跟随迪干那，穿越塞内加尔、法国、阿根廷、荷兰等不同的国家，回溯了 20 世纪各个历史阶段，一战、二战、纳粹大屠杀、殖民统治等创伤和浩劫一一铺展在读者眼前。

《人类最秘密的记忆》长达 450 多页，分成三大部分，其中访谈、日记、书信、报刊评论等体裁无所不包，不同的叙述视角交替出现，完美地呈现了"写作的艺术"。形式之外，作家在内容上也铺设了层层悬疑色彩。在调查的过程中，迪干那意外获知，当年在报刊上就埃利曼是否抄袭一事发表过评论的人，都在作家消失后的几年内陆续自杀离世。这一切是巧合还是阴谋？又或者，埃利曼在去世前就预见了会有一位年轻人来到故乡寻找自己，并给他留下了一封长信。小说犹如一个"小径分岔的花园"，融合了埃利曼的家族谱系故事、20 世纪的重大历史事件、东西方政治局势、文学艺术的美学特征，等等，构建起一个庞大的"人类的迷宫"，读者深陷在错综复杂的人物关系和叙事内容之中，忍不住一鼓作气读到最后以找到"出口"。

侦探小说也好，冒险小说也罢，在此之上是作品中不可忽视的对文学的思索。什么是文学？文学和政治有着怎样的关系？文学如何表达大写的历史（Histoire）？在小说《人类最秘密的记忆》中，迪干那的室友在谈到"什么是伟大的作品"时提出了这样的观点：永远不要去谈论一部伟大的作品说了什么，因为答案只有一个，什么都没说（rien），然而又什么都涵盖其中（tout）。人们总是期待一本书一定要说了些什么，但其实只有那些平凡之作才说了些什么。一部伟大的作品，没有主题，没有内容，却又无所不包，无所不有。类似的"金句"还有：我们以为自己的伤痛是独一无二的。没有任何伤痛是独一无二的。随着时间的推移，我们都不可避免地变得相似。这就是所谓的死路。然而，就是在这条死路中，文学才有机会得以诞生。

事实上，书名"人类最秘密的记忆"取自智利小说家和诗人罗贝托·波拉尼奥的作品《荒野侦探》。萨尔在小说开篇引用了其中一段话，引文最后两句是："最终，作品在大千世界的旅程注定要无可挽回地孤独下去。总有一天作品也会死亡，就像万物都要死亡一样，太阳、地球、太阳系、银河系都将熄灭，还有人类最秘密的记忆。" 在很多访谈中，当被问及为何写作时，萨尔表示：为了寻找更好的问题。萨尔在寻找，其笔下的迪干那在寻找，就连迪干那寻找的埃利曼也在寻找……而在这一系列寻找的背后，《人类最秘密的记忆》所呈现的，是对历史的反思，对身份的叩问，也是对文学的歌颂。

2021 年 12 月

"写作是自我疗愈的过程，同时也是为千千万万受害者同胞发声的机会。"

《大家庭》：暴力之下，文学何为？

2021 年伊始，《大家庭》犹如一枚重磅炸弹，震惊了法国文坛和政治学界。作者卡米耶·库什内，45 岁，大学法律教授，《大家庭》是她的第一部作品。一位新人的处女作何以掀起如此波澜？究其原因，这本书揭露了少年时期作者的双胞胎弟弟遭受继父性侵的丑闻，而继父奥利维·杜阿梅尔还是政治圈的耀眼人物，他曾担任高校宪法教授和国家政治科学基金会主席，去年年初，被任命为世纪俱乐部主席，该俱乐部聚集了法国金融、政治和媒体界的精英。因此，无论是作品话题的敏感度，还是其涉及人物的社会影响力，都足以让这本书成为这个冬天法国电视广播报刊绕不开的话题之一。

全书从母亲的葬礼开始，唤起了作者对儿时的回忆，时间倒退至 20 世纪 80 年代。作者 6 岁那年，亲生父母分开，各自重组家庭，孩子跟随母亲开始新的生活。继父比母亲小十岁，相似的法律专业背景，知识分子间的默契，彼此眼中的柔情，加之继父待孩子热情贴心，视如己出，很快继父代替了父亲的角色。每年夏天，一家人都会到继父拥有房产的萨纳里度假，并邀请许多好友来家中聚会，宛若一个"大家庭"。不仅继父拥有很多光环，母亲艾芙丽纳·皮西尔也丝毫不逊色，公共法律专业教授、政治学家、法国女权主义的先锋人物，年轻时曾是古巴领袖菲德尔·卡斯特罗的情人。母亲的妹妹，玛丽-弗朗丝·皮西尔，还是法国著名影星。这样一个"大家庭"聚集了众多耀眼的左派人物：哲学家吕克·费里，律师吉恩·韦伊（西蒙娜·韦伊的儿子），政治家伊丽莎白·吉古，等等，堪称当时左派精英的缩影。这些人年轻时都经历过法国1968年"五月风暴"，他们鼓吹自由，在南法盛夏一个个热闹非凡的晚上，演绎着独特的"后68年代式的"生活方式。然而，自由的旗帜之下，是病态的环境：成人和孩子在泳池嬉戏，彼此赤裸着身体，无所忌惮，继父还会拍摄女性的胸部和臀部，并且把照片张贴在房间的墙上。只是以作者当时的年纪，还不会分辨"自由"的真正含义，等到多年后回头看这一切，才意识到不妥之处。

幸福的家庭都是相似的，不幸的家庭各有各的不幸。1986年和1988年，母亲的双亲相继自杀离世，由此拉开了悲剧的序幕。母亲难以承受噩耗，依赖酒精打发时日，沉浸在痛苦中无法自拔。于是，继父成了孩子们的支柱。但没有想到的是，噩梦也从此开始。继父在弟弟13岁到15岁期间多次对他实施性侵。在接受《大书店》节目的访谈中，作者表示她永远记得弟弟来向她求助的那一幕：一天，弟弟把"我"叫到房间，告诉"我"继父对他做的那些事情。弟弟先是转述继父的话，妈妈的双亲都自杀了，她现在非常累，"我们"就不要再去给她添麻烦了。弟弟让"我"保守这个秘密，并且求我帮他对继父说"不"。可是"我"没有。在"我"眼里，继父是那么充满魅力，让人仰慕。"我"曾看到过继父和其他女性打情骂俏，可是母亲告诉"我"说："那是我们的自由。"年幼的"我"不明白"自由"的边界，更无法理解"乱伦"的概念。继父对弟弟的行为也是允许的吗？那个时候，"我"的困惑，没有人解答。之后，继父每次去弟弟的房间，"我"都知道，"我"能听见他的脚步声，他开门进入弟弟的房间，在沉静中"我"想象着那个房间发生的事情。结束后，继父总会来到"我"身边，告诉"我"，现在的每一天对妈妈来说都是一次胜利，所以"我们"最好不要去打扰她。他总是拿妈妈做借口，他也知道"我"对他的信任，他料定"我"不会把这件事说出去。的确，"我"什么也没有说。罪恶感就像一条蛇，从那时起，它就再也没有离开过"我"，而且随着时间的推移，"我"的罪恶感与日俱增，小蛇变成了多头蛇神，在心底深处起舞，洋洋得意。因为"我"选择了沉默，仿佛意味着"我"默许了这件事的发生，"我"感觉自己变成了同谋。

多年后，"我"和弟弟长大成人，有了自己的家庭。2008 年，终于，"我"决定不再沉默。然而，说出真相后，母亲的反应却令人出乎意料，她责怪"我"为什么当时没有告诉她，不然她就会离开继父。而现在，一切都太晚了。她甚至责怪弟弟，认为都是弟弟的错。为此，小姨和母亲大吵一架，分道扬镳。2011 年，玛丽 - 弗朗丝·皮西尔在家中身亡，死因不明，作为法国新浪潮电影明星，她的离奇死亡在当年引发了各种各样的议论。直到 2017 年，母亲去世，30 多年来饱受折磨的"我"，决定将这一切写下来。《大家庭》以母亲的葬礼开篇，以一封写给过世母亲的信结尾。在这封信中，作者对母亲复杂矛盾的情感跃然纸上：一方面是曾经对母亲深深的爱，另一方面是对母亲行为的费解和怨恨："你要记得，我们也是你的孩子。"当年，弟弟让"我"不要把这件事说出去，"我"没有说。"我"没有说，不是因为信守这个承诺，而是，对于当时弱小的孩子而言，父母看起来是那么高大，怎么会做对孩子不好的事情呢？是父母，让孩子沉默、噤声。无疑弟弟是受害者。"我"没有保护他。可很久以后"我"明白，"我"也是受害者。因为继父的行为和举动，"妈妈，这些年来，罪恶感、悲痛感和愤怒感压得我喘不过气"。直到写完这本书，"我"仿佛终于可以摆脱心中的多头蛇神了。卡米耶·库什内认为，无论哪个阶层，都存在乱伦。而这个敏感的话题，由于触及家庭深处最隐秘的部分，会动摇整个家庭的根基，所以受害者往往难以启齿。她希望可以为无数因为害怕、恐惧、内疚、负罪而沉默的兄弟姐妹发声，让更多人关注这个群体。

近几年，在文学界或影视界，也不乏其他人和卡米耶·库什内一样，勇敢地打破禁忌。法国作家克莉丝汀·安戈在 13 岁至 16 岁之间多次遭到父亲性侵，先后以此为题出版了《乱伦》（1999）和《不可能的爱》（2005）。导演安德丽·贝斯孔 9 岁时被父母的一个朋友性侵，她将这段成长经历改编成电影《不能说的游戏》，于 2018 年上映。2020 年，出版人凡妮莎·斯普林莫拉在其作品《同意》中指控作家加布里埃尔·马茨涅夫在其14岁时对她实施性侵，书籍出版后同样在文坛引发了不小的轰动。当沉默被打破，随着越来越多的受害者选择发声，性暴力这一话题受到了更多的关注。2017年秋天发起的"MeToo"运动，揭示了女性所遭遇到的性暴力，而后，关注的弱势群体也开始向儿童和青少年延伸，大众对这一敏感话题的认知和意识也随之觉醒。据统计，在法国，1/5的女性和1/13的男性曾在童年时期经历过性暴力，而1/10的法国人都曾是乱伦的受害者。《大家庭》一书出版后，社交平台上涌现出"MeTooInceste"（我也是乱伦受害者）等话题标签。一场法国版的"MeToo"运动正在上演。继父奥利维·杜阿梅尔性侵案因为过了法律时效期而变得棘手，但"杜阿梅尔事件"足以震动法国知识分子和精英阶层。迫于舆论和抗议，继父辞去了所有职务，与其相关的人也相继离职，比如巴黎政治学院的校长弗雷德里克·米昂，因早前知道杜阿梅尔性侵一事却保持沉默，被抗议的学生围堵在校园门口。

林奕含在《房思琪的初恋乐园》中用细腻的语言、繁复的比喻和精妙的修辞，刻画了充满孤独与绝望的"房思琪式的强暴"，撕下了"李国华们"丑恶又虚假的嘴脸。伊藤诗织在《黑箱》里揭露司法体系的弊端，与权力结构抗争。香奈儿·米勒作为受害者，在《知晓我姓名》中回顾当年的"斯坦福大学性侵案"给自己造成的伤害以及为此讨回公道时遭受到的不公与侮辱，她同其他性侵受害者站在一起，告诉世人：为罪恶付出代价的应当是施暴者，而不是被侵犯的人……暴力之下，文学何为？对于卡米耶·库什内，写作是自我疗愈的过程，同时也是为千千万万受害者同胞发声的机会。克莉丝汀·安戈表示，不乏一些受害者想发出声音，却苦于找不到途径。而文学，将这些血淋淋的事实鲜活地呈现在读者面前，让大众得以通过阅读引发思考，比如，如何采取必要的立法手段来填补法律时效性这方面的空白，从而对施暴者予以惩戒，对受害者加以保护，这些在今天都极具现实意义。当文学和现实的边界变得模糊，当二者的关系愈发紧密，文学就会观照现实，推动社会进步。或许这就是暴力之下，文学能起到的作用与力量，也是非虚构文学受到越来越多读者喜爱的原因。

2021 年 2 月

"没有所谓的成功或失败，每个人对幸福都可以有其自己的诠释。"

《二号》："失败者"的乐章

　　2022 年伊始，《哈利·波特 20 周年：回到霍格沃茨》上映，"哈利·波特"电影全系列的演职人员再次重聚，共同庆祝第一部电影《哈利·波特与魔法石》上映 20 周年。无论是图书还是电影，"哈利·波特"系列陪伴一代又一代人成长，即使 20 多年过去了，"哈利·波特"的热度依然有增无减。没过几天，法国作家大卫·冯金诺斯于 1 月 6 日推出新作《二号》。据称当年为了寻找饰演哈利·波特的小演员，几百名儿童参加了试镜，最后只剩下丹尼尔·雷德克里夫和另一个男孩竞争这一角色。小说《二号》围绕那个没有被选中的孩子展开，他叫马丁·希尔。

　　虽然马丁是大卫·冯金诺斯虚构的人物，但是在这个世界上，确实存在这样一个小男孩，在最后决选环节与哈利·波特这个角色擦肩而过。2016 年，电影《哈利·波特与魔法石》的选角导演珍妮特·赫森在接受《赫芬顿邮报》

采访时表示，导演在仅剩的两名小演员中犹豫了很久，最后选择了丹尼尔，因为"他有一种其他孩子没有的精气神"。冯金诺斯知道这则轶事后，产生了这样的疑问：另一个差点成为哈利·波特的孩子后来怎么样了？在这种写作灵感的驱使下，冯金诺斯任由想象力发挥，虚构了这位"落选者"的故事，刻画了他在"失败"后所经历的残酷命运。冯金诺斯特别在小说正文前写了一则声明：这部小说纯属虚构，且未经 J·K·罗琳和华纳兄弟同意。

时间回到 1999 年。马丁刚满 10 岁，父亲约翰是英国人，就职于电影行业，母亲是法国人，外派至伦敦担任驻地记者，与丈夫离异后回到巴黎。平时马丁和父亲在伦敦生活，每周五晚上乘坐往返英法两国的"欧洲之星"列车前往巴黎与母亲共度周末。然而，有一个周末，马丁的母亲临时有事，马丁只好坐在片场外面的长椅上等父亲结束工作。当时的马丁由于近视，不得不戴着一副黑色镜框的圆眼镜，他的头发也有点乱糟糟的，哈利·波特的电影制片人看见了马丁，觉得马丁这副打扮很像书中哈利·波特的模样，于是建议马丁参加试镜。经过层层选拔，马丁离最后的"成功"只差一步之遥，然而，他等来的却是落选的噩耗，是好莱坞梦想的破灭。电影《哈利·波特与魔法石》上映后风靡全球，人人为它欢呼，人人为它痴迷，除了马丁。起初他以为只要等到这部电影的热度散去，他就可以忘掉之前的失利，回归正常的生活。然而，没有想到的是，"哈利·波特"系列电影一部接着一部，"哈利·波特"的广告更是无处不在。

除了"落选"之外，生活又给了马丁另外一个"致命一击"。父亲意外去世，马丁不得不搬到巴黎和母亲一起生活。母亲认识了新的男人，马丁开始和继父及其儿子生活在一个屋檐之下。起初，一切似乎还算正常。随着日子的推移，继父的本性慢慢暴露，他常常对马丁恶语相向，还烧掉了马丁保留的关于父亲的纪念物。马丁的生活境遇无比糟糕，他突然想起哈利·波特的故事，哈利·波特也曾寄人篱下，在表哥达力家受尽了欺辱。马丁越发觉得自己就是现实版的"哈利·波特"。尽管马丁的母亲得知真相后离开了继父，但是马丁经历的创伤难以修复，一度深陷抑郁的困扰。历经重重打击的马丁变得越来越孤僻，越来越不愿与人亲近。高中毕业会考后，他放弃了继续深造学业，在卢浮宫申请到一份工作，成为一名博物馆管理员。面对着卢浮宫里的古典雕塑和绘画，马丁心想终于可以摆脱那个"哈利·波特的魔法世界"了。

不久，马丁承担了一项新的任务：对博物馆管理员岗位的申请人进行面试。在查看申请人材料的时候，马丁发现自己并不是唯一一个选择卢浮宫以此逃避现实世界的人。在申请者中，马丁遇到了一位曾入围 1978 年龚古尔文学奖候选名单却与奖项失之交臂的作家，当年这项桂冠最后花落帕特里克·莫迪亚诺的《暗店街》。此后，莫迪亚诺取得了一系列成功，并于 2014 年荣膺诺贝尔文学奖。至于当年这位落选作家的命运，则无人问津。几周后，马丁又遇到了一位"法国小姐"选美大赛的亚军，1987 年她输给了娜塔莉·马奎，这位冠军得奖后活跃于荧屏，参演了一系列电视节目，并且嫁给了著名的电视新闻主持人。马丁立刻录用了这两个人，他认为他们三个人有诸多相似之处，他们所经历的"失败"并非"一次性的"，相反，每当"胜利者"出现在荧屏上，他们就要再次回忆一遍当年的"挫败感"，反反复复，无休止，仿佛永远没有尽头。大卫·冯金诺斯还在书中穿插了"皮特·贝斯特的故事"：作为披头士乐队最初确定下来的鼓手，他和乐队其他成员一起进行了为期两年的演出，然而1962年，他被林格·斯塔替换，几个月后，披头士乐队在英国取得了空前成功，成为一代传奇，而皮特·贝斯特也被称作"世界上最不走运的人"。

大卫·冯金诺斯笔下的"二号"并没有仅仅局限于个人，甚至还拓展至没有生命的物体。在一次工作休息期间，马丁来到达·芬奇的画作《蒙娜丽莎》所在的展厅。作为卢浮宫的"镇馆三宝"之一，每天来自世界各地的游客争相排队，只为看一眼蒙娜丽莎的神秘微笑。想到这里，马丁独自思忖道：《蒙娜丽莎》就是绘画界的"哈利·波特"。在参观者眼中，整个偌大的展厅里仿佛只有一幅《蒙娜丽莎》，其他画作根本毫无存在感。那一刻，马丁觉得自己的命运就像挂在《蒙娜丽莎》周围的作品。他凑近其中一幅，根据标签介绍，这是巴里斯·博尔多内的《托马斯·斯塔尔肖像》，一幅16世纪的油画作品。马丁查不到任何关于托马斯·斯塔尔的信息，这让他感到慌乱与不安，也让他与画中人产生了一种"情感上的联结"。

年复一年，每每看到镁光灯下的丹尼尔，马丁也会自问：如果当年是他被选中饰演哈利·波特，那么镜头下丹尼尔所拥有的这一切将会是他的生活。或许是因为这种念头和想法，马丁总是深陷在当年选角失败的阴影中，难以开启生活的新篇章。在小说最后，大卫·冯金诺斯虚构了一场马丁和丹尼尔的见面场景。令马丁出乎意料的是，丹尼尔对他说："你可能会觉得这很奇怪，但有时候，我的生活真的很难……所以我很羡慕你。真的，我常常想，如果没有这一切，我的生活可能会更好。当然这是在我感到压力或者疲惫的时候。无论如何，我常常会想起你。这几乎成为某种痴迷……"丹尼尔继续倾诉："我不再是丹尼尔，而是哈利·波特。……最糟糕的是，没有人知道我的名字！……在路上，人人都叫我哈利·波特！……你可能觉得我夸张了，但是，有时候我觉得我把自己的青春卖给了魔鬼。"丹尼尔反问马丁这些年都在做什么，马丁介绍了他的职业，他的生活以及在"失败"后自己经历的重重困难，他都毫不保留地告诉了丹尼尔。

这场与众不同的会面让马丁和丹尼尔知道了彼此的情况，知道了与自己现在拥有的生活截然不同的另一条轨迹。并不是每个人都有这样的机会去了解当年在分岔口的另一条路是怎样的风景。同时，大卫·冯金诺斯也将另一个问题抛给读者：究竟什么是成功？什么是失败？某种程度上，马丁对生活的失望源于他对另一种看起来更加美好生活的幻想。然而，我们对于他者真实的生活又了解多少呢？特别是在当前的互联网时代，社交平台呈现出来的景象总是过分美好。然而在这些光鲜亮丽的滤镜背后，或许每个人都有我们所不知道的难过与烦恼。与其沉浸在自怨自艾或者虚幻想象中，不如珍惜当下，过好自己的生活。在小说结尾，回到家里的马丁似乎终于可以放下过去的包袱，开启新的生活了。

说回大卫·冯金诺斯，这位作家对于中国读者来说并不算陌生。冯金诺斯生于 1974 年，索邦大学文学专业毕业，是当今法国炙手可热的小说家、电影导演、剧作家。他的第八部小说《微妙》于 2009 年出版后雄霸法国亚马逊图书销量榜，创下百万销量奇迹，同时入围当年龚古尔文学奖、费米娜奖、勒诺多奖等多个法国文学奖项，不仅销量超过百万册，还被翻译成 30 多种语言，受到世界各国读者的喜爱。他和哥哥史蒂芬·冯金诺斯一同执导拍摄了同名电影《微妙》，影片由奥黛莉·塔图出演，于 2011 年上映并获得凯撒奖最佳改编剧本。他的其他作品，如《回忆》（2011）、《退稿图书馆》（2016）也相继被改编成影片，收获一众好评。

　　大卫·冯金诺斯在 16 岁的时候做过一次心脏外科手术，差点丧命，或许是这次与死神的擦肩而过，使得作家的关注视角有些与众不同。荣获勒诺多奖和中学生龚古尔文学奖的《夏洛特》（2014）聚焦在世时寂寂无闻的德国犹太裔女画家夏洛特·萨洛蒙，冯金诺斯凭借寥寥史料，抽丝剥茧，描绘了夏洛特的艺术才能和悲惨人生。《退稿图书馆》将故事背景设定在一座专门存放被出版社拒绝的手稿的图书馆，讲述了一个精彩纷呈、悬念迭起的故事。新作《二号》看似是一个书写"失败者"的故事，实则作者想通过描绘马丁的命运，唤起读者对人生的思考：没有所谓的成功或失败，每个人对幸福都可以有其自己的诠释。更何况，在日常工作里，我们都可能成为某个人的"二号"，比如"副手""副班长""副主任"等，但是这并不妨碍我们去发挥自己的价值。同样的道理，每个人对艺术的鉴赏各不相同，有人热衷古典主义，有人喜欢印象派，有人倾心后现代。

下一次走进卢浮宫，不妨避开《蒙娜丽莎》前拥挤的人潮，停下脚步看一看周围的"二号"画作，去听一听属于它们的乐章。

2022 年 2 月

观看他们
的人生，
好像走进了
另一个世界

艺术

"带上一本阿拉贡诗集，到圆顶咖啡馆里坐一坐，当年就是在这里，小王子遇见了他的玫瑰。"

路易·阿拉贡：他让我们知道文学胜过一切

　　1897 年 10 月 3 日，路易·阿拉贡在巴黎出生。当时父亲路易·安德里厄年近 57 岁，已有妻室，而母亲玛格丽特·图卡方才 24 岁。父亲曾任巴黎警察局长、法国驻西班牙大使，是位重要的政治人物，为了避免丑闻，维护家族名誉，亲生母亲谎称是阿拉贡的"姐姐"，外婆谎称是其"养母"，年幼的阿拉贡被告知自己的亲生父母已经不在人世。童年宛若一个谜团，直到第一次世界大战爆发，阿拉贡即将走上前线的时候，才得知真相。当时自称是其"姐姐"的亲生母亲陪他前往巴黎东站，由于担心此去一别可能就是生死相隔，才全盘托出阿拉贡的真实出身。

　　由此带来的创伤与痛苦在以后的日子里深深影响着阿拉贡，母亲变成了一个难以启齿的代名词，他在诗歌《词语》中写道："这个沉重的秘密重重地压在我们之间""我们把它当作一种耻辱""称呼你为我的姐姐让我无能为力，如果我假装这样做也只是为了你""我的出生本就是个错误"，等等。至于"阿拉贡"这个姓氏，不难看出，它并不属于父母双方任何一个家族。关于其由来，一说是他的父亲当过法国驻西班牙大使，为了纪念在西班牙的这段经历，故选择了阿拉贡这个名字；二说是父亲担任巴黎警察局长期间，其手下有位警察分局局长名叫阿拉贡。更何况，阿拉贡（Aragon）和安德里厄（Andrieux）都是以字母"A"开头，父亲似乎也希望能够和儿子建立起一点微妙且不易察觉的联系。正如皮埃尔·戴在传记《阿拉贡传》（1975）里所写的那样："（阿拉贡）这个名字包含了某种密码，直到很久以后才得以破译。"

从小，路易·阿拉贡生活在一个母系家庭：自称"养母"的外婆和她的3个女儿围绕在阿拉贡周围。除此之外，仅有一名男性，阿拉贡的舅舅埃德蒙·图卡斯，他是小型文学报刊《现代新报》的创始人与管理者，活跃于法国文学圈，也非常热衷现代艺术。阿拉贡在青少年时期就对文学产生了强烈的兴趣，舅舅在其中发挥了一定作用。1916年起，阿拉贡入学学医，其间他结识了安德烈·布勒东，二人因对马拉美、兰波、阿波利奈尔等诗人的共同热爱越走越近。1917年，阿拉贡被征召入伍，次年春天，他以辅助医生的身份被派往战争前线。1919年复员后，阿拉贡一边继续医学研究，一边进行文学创作。同年3月，他与布勒东、苏波一起创办了《文学》杂志，次年阿拉贡出版了第一本诗集《欢乐之火》，由此开始了他的超现实主义写作。

今天我们提起阿拉贡，首先会想到他的共产党员身份。1927年1月，阿拉贡加入法国共产党。1931年，他因为发表诗歌《红色阵线》而与超现实主义旧友决裂。20世纪30年代，阿拉贡全身心投入法共运动，除了担任相关政治职务外，他还为《人道报》《今晚》等报刊撰文，并出版了小说《巴塞尔的钟声》（1934）、《美丽街区》（1936）等。1939年，第二次世界大战爆发，阿拉贡再度应征入伍。在纳粹德国占领法国时期，阿拉贡转入地下，积极参加"抵抗运动"，秘密出版诗集，比如《断肠集》（1941）、《艾尔莎的眼睛》（1942）、《格雷万蜡像馆》（1943）、《法兰西晨号》（1945）等。1954年，阿拉贡成为法国共产党中央委员会委员。

阿拉贡不仅是一位坚定的共产党员，也是一位伟大的诗人、作家，其作品风格多样、各不相同。他创作了一系列爱国主义诗歌，在德占期间号召法兰西人民奋起反抗；他写过历史小说《圣周风雨录》（1958），再现了法国历史上"百日政变"时期以拿破仑和路易十八为代表的两大政治势力的较量和逃亡阵线上的林林总总，气势恢宏又细致入微；他创作的6卷本长篇小说《共产党人》（1949—1951第一版，1966—1967重写）歌颂了共产党人的英勇斗争，描绘了当时法国社会政治现状，成为战后法国文坛享有盛誉的现实主义巨著；他在《奥利安雷》（1944）中讲述了经典的爱情故事，在《巴黎乡巴佬》（1926）中呈现了独特的"拼贴美学"。除此之外，阿拉贡还担任编辑，1953年至1972年间，他负责管理刊物《法兰西文学》，在20世纪60年代前后，该刊物对法国文学和艺术发展做出了积极贡献。诗人、编辑、散文家、小说家、评论家、历史学家、论战者、反叛者、革命者……多重身份相互交织，共同构成了一个立体的阿拉贡形象。

作为一名异常多产的作家，路易·阿拉贡为法国文学做出了不可磨灭的贡献，也深深影响了其他文学人士。1982 年 12 月 24 日，阿拉贡去世，在其葬礼上，法国著名作家、法兰西学院院士让·端木松发表致辞，而后以《一位诗人的坟墓》为题发表在《费加罗报》，其中他这样写道："诗歌正处在一个犹疑的时代，传统即将枯竭而先锋派尚在寻找自我，阿拉贡毫无疑问是法国诗人中的第一人。最耀眼！最受欢迎！最娴熟！最令人悲痛！"从致辞标题可以清晰地看出，在端木松眼中，阿拉贡首先是一位诗人。阿拉贡一生创作了大量诗歌，其中很多被乔治·巴桑、让·费拉、莱奥·费雷等人改编成歌曲传唱至今，比如《世间没有幸福的爱情》《没有你我将如何》，此举让法国诗歌更加普及，更易被大众接受。阿拉贡也被法国报界称作"20 世纪的雨果"。

端木松多次表达自己对阿拉贡的崇拜与敬仰。1992 年 12 月 17 日，阿拉贡逝世十周年之际，端木松在《人道报》上发表文章《卓越的现代人》。端木松直言，他并不赞同阿拉贡的政治主张，他也从来不是一名共产主义者，然而，对书籍和文字的热爱，让拥有不同观点的人团结在一起。在《法国文学别史》（1997）的序言里，端木松写道："纪德、普鲁斯特、克洛岱尔、瓦莱里、佩斯、阿拉贡等人，他们开辟了新的视角，为法语语言的荣光做出了比任何人都多的贡献。"在与莫尼克·杜邦-萨戈兰合著的《阿拉贡在我们之中》（1997）里，端木松预言："如果让我打赌，我会打赌说阿拉贡在一百年后，也许在五百年后，仍然会被那些对共产主义或超现实主义一无所知或几乎一无所知的年轻人阅读。他与龙沙、波德莱尔、圣西门、司汤达、夏多布里昂、兰波一起，在法国作家的长廊中占有一席之地。"

曾力推玛格丽特·尤瑟纳尔进入法兰西学院的端木松一直遗憾于没有同样促成路易·阿拉贡入选。当然，端木松深知，阿拉贡为法国文坛留下的成就远不需要这个头衔来加持。在《法国文学别史》的《阿拉贡（1897—1982），世纪的镜子》一章里，端木松写道："他让我知道文学胜过一切。像数以百万计的法国人一样，我对他的诗句烂熟于心。"端木松还曾在访谈中表示，只要一想到阿拉贡的诗歌，泪水就浸满了眼眶。同样著作等身的端木松发表过以下作品：《这世界最终是一件奇怪的事》（2010）、《有一天我将带着未尽之言离开》（2013）和《无论如何我仍会说此生美好》（2016）。三个标题系三句诗，均取自阿拉贡发表于1954年的诗集《眼睛与记忆》。端木松常常遗憾于自己无法写出阿拉贡那样的作品，他说如果自己还坚持写作，那也是在阿拉贡的阴影之下。

阿拉贡和妻子艾尔莎的爱情故事一度成为法国文学史上的一段浪漫佳话。1928年11月6日，二人在巴黎蒙帕纳斯街区的圆顶咖啡馆相遇。正如阿拉贡在阿涅斯·瓦尔达为他们拍摄的纪录片《玫瑰艾尔莎》（1966）中所言："往后余生，我们从未分离。" 在阿拉贡的作品中，艾尔莎的身影无处不在。他先后出版过诗集《艾尔莎的眼睛》（1942）、《艾尔莎》（1959）、《艾尔莎的热恋人》（1963）、《我在巴黎只有艾尔莎》（1964）。

1896年艾尔莎·特里奥莱（Elsa Triolet）出生于莫斯科，24岁来到法国，多年远离故土，家乡在其心中一直占据着重要的位置。当她第一眼看到维勒纳夫磨坊的时候就爱上了这里，1951年，阿拉贡把它作为"法国的一隅之地"献给"连根拔起的"艾尔莎。这是他们拥有的第一栋房产，远离巴黎的喧嚣，宛若一个世外桃源，让夫妇二人得以偏安一隅，安享静谧的生活。今天，在故居客厅的圆洞形窗户后面，我们依然可以看见流淌的潺潺河水。客厅入口处放置着一台无线收音机，旁边是阿拉贡诗歌改编的歌曲唱片，置身其中，耳畔仿佛传来了悠扬动听的旋律……

如果有机会前去参观故居，你会发现房间内随处可见的蓝色色调，这是艾尔莎最喜欢的颜色，比如厨房里使用的彩陶方砖和画家莫奈的吉维尼故居的厨房一模一样。夫妇二人和毕加索等艺术家交往甚密，据说毕加索每次前来做客的时候，总会带上一幅自己的作品。厨房餐桌上有两个毕加索做的盘垫，阿拉贡书房的墙壁上有一幅名为《狂欢节：国王》的石版画，细细观赏能从中看出一只和平鸽的轮廓。在厨房，我们还可以看见费尔南·莱热送给艾尔莎的红棕马陶器，呼应了艾尔莎发表于1953年的小说《红棕马或人类的愿望》，在阿拉贡的书房还陈列着莱热以保罗·艾吕雅的诗歌《自由》为灵感创作的插图。

艾尔莎·特里奥莱绝非仅仅是阿拉贡的妻子这样一个简单的身份标签。她也是一位优秀的作家，她创作的小说《第一个窟窿价值200法郎》获得了1944年度龚古尔文学奖，她成为第一位获得该奖项的女性作家。这部写于第二次世界大战期间的短篇小说集，标题取自普罗旺斯登陆前夜伦敦电台发布的 12 条密码信息之一。故事形式宛若一幅"拼贴画"，像极了她在 20 世纪 30 年代为巴黎的一些高定作坊制作的珠宝首饰。今天在这对夫妇的卧室里，我们依然可以看见摆在桌子上的原材料。这段独特的珠宝制作经历在《玫瑰艾尔莎》中也有所呈现。不仅如此，艾尔莎还从事翻译，一方面她将契诃夫、马雅可夫斯基等俄国作家的作品翻译成法语，另一方面她将阿拉贡、塞利纳等法国作家的作品译介至俄国。阿拉贡和艾尔莎藏书丰富，多达 3 万余本。在二楼走廊上还藏着一个隐秘的壁橱，那里存放着艾尔莎热衷的睡前读物——将近 300 本侦探小说。

事实上，说起特里奥莱这个姓氏的由来，也有一番故事。艾尔莎·特里奥莱，原名艾尔莎·尤里耶夫娜·卡根。1917 年，她结识了驻扎在莫斯科的法国军官安德烈·特里奥莱。1919 年，二人在巴黎结婚。之后，二人在法属波利尼西亚的塔希提生活了一年。婚姻生活仅持续了两年，1921 年，艾尔莎离开丈夫，前往伦敦和柏林生活。1924 年，艾尔莎再度回到巴黎。艾尔莎和阿拉贡结婚后，她选择保留前夫的姓氏，理由有的说是因为那时她已经以"艾尔莎·特里奥莱"这个名字发表了作品，便不愿再做更改，有的说是她希望保持作为个体的独立性，而不是成为丈夫路易·阿拉贡的"附属"，某种程度上，艾尔莎也算作一位超前先锋的"女性主义者"。

1970 年 6 月 16 日，艾尔莎因心脏病逝世。此后，故居二层的日历永远定格在了这一页，仿佛暗示着自从艾尔莎离开人世以后，阿拉贡的世界也就此停止转动。根据艾尔莎生前的愿望，她被葬在花园的两棵山毛榉树下。几个月后，俄罗斯大提琴演奏家罗斯特罗波维奇专程前来为艾尔莎演奏巴赫第五号无伴奏大提琴组曲。12 年后，1982 年 12 月 24 日，阿拉贡逝世，二人合葬于树下，相拥而眠。今天，站在二人的墓碑前，我们依然能听见四周传来的悠扬琴声，这是故居专门安装的现代艺术装置。

阿拉贡和艾尔莎曾经共同生活过的房子如今变成了一座博物馆，全称是艾尔莎·特里奥莱和阿拉贡故居，坐落于伊夫林省圣阿尔努昂伊夫林市，距离巴黎约 1 小时车程。2022 年是路易·阿拉贡逝世 40 周年，故居全年设计了一系列活动以兹纪念。如果没有时间前往这里，在巴黎市中心，靠近圣路易岛，有一座以路易·阿拉贡命名的广场，路牌上还刻着四行阿拉贡的诗句。广场紧邻塞纳河，风景优美，安逸静谧，不妨找个机会过去小憩片刻。若是有更多闲暇时间，则可以带上一本阿拉贡诗集，到圆顶咖啡馆里坐一坐，当年就是在这里，小王子遇见了他的玫瑰。

最后，听一听路易·阿拉贡写给艾尔莎·特里奥莱的情诗吧，在纪录片《玫瑰艾尔莎》中，米歇尔·皮科利深情地念诵着阿拉贡的诗句："我沉浸在震耳欲聋的沉默的爱情中""我被流星的火焰击中，仿佛一个在八月死于海上的水手……我啊我看到海面上忽然熠亮，艾尔莎的眼睛，艾尔莎的眼睛，艾尔莎的眼睛""我真正的生命开始于，与你相遇的那天……我出生在你的唇边，我的生命由你而开始""我的宇宙，艾尔莎，我的生命"……

2022 年 8 月

"每个人生活在世界上的方式都不相同，即使成为不了作家，希望我们都可以在这个世界上找到属于自己的生活方式。"

让-保罗·杜波瓦：我写作是为了解放自己

龚古尔文学奖得主

2019年，69岁的让-保罗·杜波瓦凭借小说《每个人》（直译为《每个人生活在世界上的方式都不同》）荣获法国久负盛名的文学奖项——龚古尔文学奖。故事围绕主人公保罗·汉森展开，他出生于法国图卢兹，父亲约翰内斯·汉森是丹麦人，在图卢兹的教堂担任牧师，母亲安娜是一位法国人，在当地经营一家小影院。随着时间的推移，保罗父母间的分歧越来越难以弥合，父亲决意去加拿大魁北克省的一个小城任职。第二年，保罗和父亲会合，经历了一场意外变故后，他搬到蒙特利尔生活，成为一栋公寓楼的管理员。

谈到保罗的原型，杜波瓦表示确有其人。他的岳母在蒙特利尔生活时，所居住的公寓楼管理员热情友善，对她非常照顾。杜波瓦也和他有过接触，被其慷慨温柔打动，杜波瓦决定写一写他。《每个人》获得龚古尔文学奖后，杜波瓦还专门给这位管理员打电话，和他分享这个好消息。至于书名的由来，杜波瓦说，源于2002年他应邀为加拿大国立美术馆的罗伯·拉辛回顾展写的序言。杜波瓦和拉辛相识已久，他在写的时候忍不住感慨，拉辛这个家伙确实是以另一种方式生活在世界上。于是，"每个人生活在世界上的方式都不同"便顺理成章地成了序言的标题。多年后，当他在构思这部小说时，这句话又出现在他的脑海中。

从新闻到写作

1950年杜波瓦出生于法国图卢兹，他从小痴迷于橄榄球，不仅对图卢兹球场了如指掌，还在自己的卧室模拟橄榄球比赛。社会学专业毕业后，他担任《西南报》的体育记者。在他看来，体育新闻是一门可怕的写作学问，它要求记者必须在周围两万人的尖叫声中实时写作，这样才能保证在截稿日期前完成报道。一旦有了这份经历，以后面对白纸时就再也不会感到惴惴不安。之后他又任职于《巴黎晨报》和《新观察家》杂志。从事新闻行业期间，杜波瓦坚持不坐办公室，他宁愿降低薪酬，以换取更多的自由时间。

2004年，杜波瓦凭借《一种法兰西生活》荣获费米娜文学奖，他决定辞去工作，全身心投入写作。截至今天，杜波瓦已经出版了二十多部小说，一本散文集，两本短篇小说集以及两本文集。谈及写作，杜波瓦曾在访谈中表示："我写作是为了解放自己，拥有属于自己的时间。"长期以来杜波瓦对时间的流逝有着深刻的认识。当他还是孩子的时候，他就把手表看作用来倒计时的工具，而非衡量眼前时间的工具。尽管尚未成年，杜波瓦已经开始计算剩下的有限的生命，当他意识到除去睡觉、工作、交通所需要花费的时间，真正用来生活的时间几乎只有四分之一甚至五分之一时，他发誓要牢牢抓住时间的掌控权，找一份能够满足这种期待的工作。

"31 天"时限

20 世纪 80 年代中期，杜波瓦开始着手创作。据他回忆，他的第一部小说源自一个挑战。法国作家鲍里斯·维昂曾说过他只用了 25 天便写就了《我唾弃你们的坟墓》（1946）。于是，杜波瓦为自己设下时限，但他失败了，他用了 28 天或 29 天才完成《紊乱感觉分析说明》（1984）。手稿遭到各大出版社的拒绝，最后只有一家侦探小说出版社"黑色之花"愿意出版。1986 年，文森特·兰德尔邀请他写一本关于左撇子的书，并且希望可以在 9 月出版。邀约发来的时候正值 6 月伊始，杜波瓦争分夺秒进行创作，最后于 6 月 28 日完成了《左撇子赞歌》（1986）。

更有意思的是，早年杜波瓦常常利用三月带薪休假的时间进行创作，久而久之便成了一种习惯，甚至是一种仪式：3 月 1 日开始写作，3 月 31 日完成作品，这就是他为自己设定的"31 天"时限。杜波瓦回忆说，除了包括《一种法兰西生活》在内的个别作品外，他每本书的写作时间从未超过一个月。为了完成这个计划，他要求自己每天从上午 10 点工作到凌晨 3 点，完成 8 页稿子。写作初期，杜波瓦会沉浸在"无法完成这部作品"的想法之中，但是从 3 月 15 日开始，他感到自己已经到达了山顶，开始往山下走了，每次完成创作都好像结束了一场马拉松，让他感到十分开心。

常见的元素

杜波瓦作品中的男主人公经常叫作保罗，他的妻子叫作安娜。当被问到为什么选择自己的名字"保罗"作为主人公的名字，杜波瓦表示，第一人称会让作品更具有视觉性，宛若电影中的画外音。这个声音可以传递出一种"这就是我，我将要告诉你发生在我身上的事情"。感情破裂主题在杜波瓦的作品中屡见不鲜，死亡主题也是如此，特别是海洋事故和航空事故。在《我每天早上起床》（1995）和《继承》（2016）中都描述了小狗溺水的经历，合集《你会收到我的消息》（1991）最后一篇讲述了叙述者企图溺水自杀的故事。《如果这本书能让我更接近你》（1999）中主人公保罗的母亲死于航空事故，《一种法兰西生活》中主人公保罗的妻子安娜在航空事故中遇难，《每个人》中主人公保罗的恋人薇诺娜同样因飞机坠毁而丧命。

除此之外，其他几大元素也经常出现在杜波瓦的作品中，比如他喜爱的橄榄球运动，小说《合理的住宿》（2008）中的人物特里西娅·法恩斯沃斯借用了澳大利亚橄榄球运动员维芙·法恩斯沃斯的名字，在

《一种法兰西生活》中，主人公保罗和他的精神分析师博杜安拉迪格的共同爱好就是橄榄球，二人的会面也变成了对赛事的评论。在杜波瓦笔下，有时汽车成为主人公忠实的伴侣，成为将自己与现实世界隔绝开来的避难所。《一种法兰西生活》中主人公保罗的父亲经营一家车行，名叫"日与夜汽车行"，还开办了一家西姆卡汽车特许经销部。《每个人》里，主人公保罗的父亲买了一辆 Ro80 家用轿车，这辆汽车和主人公一家生活的转折联系在一起。杜波瓦的作品中还有牙医这个角色，无论是《一种法兰西生活》还是《每个人》，都能看到这个职业的身影。电影元素也不可或缺，小说《男人之间》（2007）这个名字就来自主人公保罗观看过的一场同名影片。作家还在书里悉数列举了保罗观看的其他影片：《三侠屠龙》《花火》《一一》《细细的红线》《犯罪元素》等。在《每个人》里，主人公保罗的母亲在双亲去世后继承了他们的影院，这家影院在 20 世纪 60 年代和 70 年代之交迎来了空前的繁荣时期，一定程度上也导致保罗父母关系的破裂。

作品影视化

1991 年，杜波瓦发表了一本合集《你会收到我的消息》，其中收录了一个短篇《顶峰对话》，1996 年被导演泽维尔·贾诺利改编成同名短片。此前贾诺利的短片《被判刑的人》（1993）的灵感也是来自杜波瓦的作品。小说《肯尼迪与我》（1996）是杜波瓦第一部被改编成电影的作品，影片出自萨姆·卡曼之手，于 1999 年 12 月上映。2016年上映的《保罗·斯内德的新生活》由托马斯·文森特执导，改编自杜波瓦的小说《斯内德的情况》（2011）。同年上映的《约翰之子》由菲利普·利奥雷执导，改编自杜波瓦的《如果这本书能让我更接近你》。

杜波瓦笔下的"保罗们"擅于以一种自嘲的幽默感看待人生，哪怕是缓慢崩塌的生活，绝望中又透着诙谐。导演萨姆·卡曼指出，杜波瓦笔下的反英雄人物总是具有强烈的吸引力，这些人物往往在悲剧性和讽刺性之间努力保持平衡。托马斯·文森特在图卢兹见到杜波瓦后感慨道，看到作家就仿佛看到了主人公保罗·斯内德。导演菲利普·利奥雷在杜波瓦的作品中感受到了一种独属于美国作家的语调和风格。正是"保罗们"古怪的性格和丰富的幽默感赢得了导演们的青睐。

美国和加拿大

在《新观察家》杂志社工作期间，杜波瓦撰写了一系列关于美国的文章，其中部分已经结集出版，分别题为《美国令我忧心忡忡》（1996）和《到目前为止，美国一切进展顺利》（2002）。从科德角到洛杉矶，从底特律到基韦斯特，杜波瓦在警察局、医院、法院、教堂和酒吧中观察美国生活的方方面面。这些报道中的部分情节也融入其之后的作品中，比如《美国令我忧心忡忡》里提到的康普茶就出现在后面出版的小说《合理的住宿》中，主人公保罗被告知可以通过服用康普茶来缓解背痛。

尽管杜波瓦笔下的"保罗们"总是出生于图卢兹，但是他们和美国或者加拿大都有着千丝万缕的联系。《合理的住宿》的主人公保罗·斯泰恩在美国好莱坞一家制片厂写剧本,《继承》的主人公保罗·卡塔基利斯在美国迈阿密生活了多年,《每个人》的主人公保罗·汉森来到加拿大蒙特利尔,成了一栋公寓楼的管理员。某种程度上,杜波瓦的写作风格确实受到了美国作家的影响,他曾表示:"毫无疑问,约翰·厄普代克是教给我最多、让我思考如何写作最多的作家。" 杜波瓦读过这位美国作家的全部作品,还专门为他写过两篇文章。杜波瓦的妻子来自蒙特利尔,谈起加拿大这个国家,杜波瓦认为它非常多元,那里有故事,有风景,一直以来他对挪威、瑞典、冰岛和加拿大北部都非常着迷。他认为这就是他的世界,他在其中更加自在。

作家的一天

杜波瓦对自由时间的追求和渴望非同一般。作为一名失眠症患者,他不希望自己有"我必须起床"的这种焦虑。所以写作成为他心目中"最不痛苦的谋生方式"。早在 2008 年的访谈中,杜波瓦向读者介绍了自己的一天。首先,最重要的当然是不能在痛苦中挣扎着起床。起床后,他开始吃早餐,种类几乎总是这几样:四块王子饼干,一杯橙汁以及一杯不会喝的咖啡。10 点钟,他来到书房,开始创作。他要先重读一遍前一天写好的 8 页文稿,然后再继续后面的内容。下午 1 点,他会做些运动,骑车或者游泳,然后吃两个猕猴桃。下午 2 点继续工作,直到晚上 8 点。在这期间,如果住在隔壁的孙子们来打招呼,他就会停止一切工作,陪孩子们玩。杜波瓦表示,如果是在 20 岁,他会更关注自己，但是今天，他已然成为一名出色的"保姆"，为了讨孙子们开心，他还准备了一抽屉的哈瑞宝软糖。到了吃晚饭的时候，如果孙子们也在，他就把孩子们喜欢的冷冻薯条放进微波炉加热食用，如果是他自己一个人，他喜欢一边听法国新闻，一边在烤架上烤鱼。他吃完晚饭继续回到电脑前，直到完成当日 8 页写作任务。这时候，可能是晚上 11 点或 12 点，甚至是凌晨 1 点了，这还没有结束。杜波瓦转而开始弹奏键盘，他在 15 岁的时候曾和朋友们组过一个摇滚乐队，当时他担任主唱和键盘手。杜波瓦认为自己在音乐方面的才华很平庸，但是与音乐相伴的时光让他感到无比幸福。凌晨 3 点左右，杜波瓦终于决定去睡觉。对他来说，安眠药是必不可少的，因为他从来都不会感到困倦。

按照这样的速度，杜波瓦可以在 31 天内完成自己的写作计划。之后，他可以无拘无束地享受生活，直到开始写下一部作品。杜波瓦在访谈中提到了 17 世纪法国哲学家让·德·拉布吕耶尔的经典语录："很多人都渴望给懒惰安上一个好名声，希望沉思、谈话、阅读和休息可以被称作在工作。"杜波瓦认为自己是个幸运的人，可以在想做什么的时候就做什么。他对自己的生活方式非常满意："我唯一的骄傲就是我拥有自己的时间。如果你想自由地过自己想要的生活，你就必须减少工作和睡眠。你不知道你的生命会持续多久。你身处其中，随时都有可能倒下。没有任何预兆。"如今十几年过去了，不知道作家杜波瓦的生活节奏是不是一如既往？每个人生活在世界上的方式都不相同，即使成为不了作家，希望我们都可以在这个世界上找到属于自己的生活方式。

2024 年 7 月

"女性要拥有一间自己的房间，要拥有一个自己的世界，要成为她自己。"

苏珊娜·瓦拉东：成为她自己

当我们谈论法国 19 世纪和 20 世纪画家的时候，我们总会提到这几个名字：克劳德·莫奈、埃德加·德加、爱德华·马奈、保罗·塞尚、古斯塔夫·卡耶博特，无一例外他们都是男性，可是我想介绍一位那个时期同样优秀的法国女性画家，她叫苏珊娜·瓦拉东。你可能因为莫里斯·郁特里罗而听说过她，以描绘蒙马特景色而闻名的郁特里罗是瓦拉东的儿子，作为一名印象派风景画家，他曾一度家喻户晓，声名远远超过母亲；又或者，你知道瓦拉东是因为她被视作皮埃尔 - 奥古斯特·雷诺阿和亨利·德·图卢兹 - 劳特雷克等大画家的缪斯。然而，在我看来，苏珊娜·瓦拉东首先是她自己，不是谁的母亲，也不是谁的情人。2023 年 4 月 15 日至 9 月 11 日，法国梅兹蓬皮杜艺术中心举办了一场画家个人回顾展《苏珊娜·瓦拉东——一个她自己的世界》，这个展览随后还会前往法国南特美术馆和西班牙的加泰罗尼亚国家艺术博物馆进行展出。上一次瓦拉东的个人回顾展则要追溯至60年前，即1967年在巴黎蓬皮杜艺术中心的展览。

画家的缪斯女神

1865年9月23日，苏珊娜·瓦拉东出生于法国中部上维埃纳省加尔唐普河畔贝西讷。她原名叫作玛丽-克莱曼蒂娜·瓦拉东，改名原因后面会作介绍。她出生于贫困的工人阶层，母亲玛德莱娜是一名洗衣女工，未婚先孕生下瓦拉东，其父下落不明。彼时巴黎比外省更容易找到工作，于是5岁的瓦拉东便跟随母亲来到蒙马特。瓦拉东只接受过短暂的教育，12岁起便开始外出谋生，她做过工人、招待，后来进了马戏团。1880年，15岁的瓦拉东因摔伤不得不放弃在马戏团的工作。因为长相别致，她开始为一些画家担任模特，其中包括皮埃尔·皮维·德·夏凡纳、雷诺阿、图卢兹-劳特雷克。瓦拉东担任模特期间给自己取名为"玛丽亚"，图卢兹-劳特雷克为她画过肖像画《胖玛利亚，蒙马特的维纳斯》。有一次，图卢兹-劳特雷克和她开玩笑说："你总是给老头儿做裸体模特，你应该叫作'苏珊娜'。"（这一名称来源可以追溯至《圣经》中"苏珊娜和长老"的故事。）这段经历让瓦拉东有大量的时间观察画家们作画的过程，得以在第一时间欣赏手稿，为她日后亲自拿起画笔奠定了基础。

在雷诺阿和图卢兹-劳特雷克的画笔下，瓦拉东展现了不同的形象特征。图卢兹-劳特雷克在画作《喝酒的人，或宿醉》中呈现了一位宿醉的女性形象，女子侧脸面向观众，带着些许阴沉的神情；然而在雷诺阿的画作《城市之舞》和《布吉瓦尔舞蹈》中，瓦拉东的脸型更加圆润，姿态更加优雅。1894 年，瓦拉东认识了德加，尽管德加一向被人视作有严重的厌女情结，但是出乎意料的是他却一直支持瓦拉东，德加发现瓦拉东的绘画才能时就说出了这句话："你是我们中的一员。"他用自己的印刷机教瓦拉东凹版雕刻，并且成为瓦拉东作品最重要的收藏家之一。

奇怪的"可怕三人组"

1883 年，18 岁的瓦拉东生下一子，取名莫里斯，尽管所谓的父亲米格尔·郁特里罗和儿子是否真正存在血缘关系尚无法确定，但是他同意让孩子冠以他的姓氏，即莫里斯·郁特里罗。1893 年，瓦拉东和作曲家埃里克·萨蒂有过短暂的恋爱关系，瓦拉东为萨蒂绘制肖像画，这也是她早期创作的肖像画作品之一。然而仅仅 6 个月后，瓦拉东离开了萨蒂，这一度让萨蒂陷入崩溃，他为瓦拉东谱写了钢琴曲《烦恼》，这首乐曲的独特之处在于，尽管弹奏时长仅有 1 分多钟，但是它需要连续重复 840 次，因而也被称作"历史上最长的钢琴曲"。1895 年前后，瓦拉东与银行家保罗·穆西结婚，婚后专心从事绘画创作。

1909 年，44 岁的瓦拉东结识了儿子的朋友，年仅 23 岁的电工安德烈·乌特。1911 年，瓦拉东、乌特、郁特里罗和玛德莱娜四人搬到蒙马特科尔托路 12 号一起生活。1913 年，瓦拉东与丈夫穆西离婚，次年和乌特结婚。名义上乌特是郁特里罗的"继父"，然而他的年龄比郁特里罗还要小 3 岁，如此奇怪的家庭组合让郁特里罗一度陷入绝望。他年纪轻轻就开始酗酒，是蒙马特地区有名的酒鬼，为了帮助儿子远离酒精，瓦拉东让他学习作画，没有想到的是，尽管郁特里罗从未受过正规的绘画教学，但是他笔下的风景画赢得了当时艺术圈的认可。至于安德烈·乌特，也是瓦拉东将他领入绘画艺术的大门，他主要创作肖像画、静物画和风景画，而乌特也多次出现在瓦拉东的绘画中。1909 年，瓦拉东的作品《夏天，又称亚当和夏娃》引发强烈反响，主要是因为这是艺术史上第一幅女性画家描绘男性裸体的作品，画作中瓦拉东与丈夫乌特并肩而立。几年后，为了能够让这幅画在 1920 年的沙龙上展出，瓦拉东又为裸体男人添了几笔无花果叶，也就是我们今天看到的画作版本。瓦拉东另一幅具有里程碑意义的代表作品《铸网》也是以乌特为原型，分别从背面、侧面和正面将人物动作予以分解。

"纯真的野性"

1894 年，瓦拉东成为第一位加入法国美术协会的女性画家。1911 年，瓦拉东在一家画廊举办了首场个人展览。1920 年，她成为秋季沙龙的成员，1933 年，她参加现代女性艺术家展览。特别要提及的是，1924 年，瓦拉东与伯恩海姆 - 约恩画廊签约，同年，卢森堡美术馆收藏了她的作品《蓝色房间》，这也意味着瓦拉东的绘画得到了官方认可。画作中的女性一脸慵懒，穿着宽松的衣服，形象完全打破了传统规范。1937 年，法国买下她的代表作《夏天，又称亚当和夏娃》《铸网》《祖母和孙子》等作品，后收藏于巴黎蓬皮杜艺术中心。直到去世，瓦拉东共创作了 500 幅绘画作品。陈丹青在《局部》里这样评价瓦拉东，称她的作品有一股"纯真的野性"。

与另一位出身于资产阶级的法国女性画家贝尔特·莫里索不同，苏珊娜·瓦拉东从未受过专业的美术训练。不过她在卢浮宫观摩过新古典主义大师的作品，因而她的创作受到让-奥古斯特-多米尼克·安格尔和雅克-路易·大卫的影响。她在1889年世界博览会期间欣赏了文森特·梵高的画作，在1907年秋季沙龙组织的塞尚个人回顾展中汲取灵感。瓦拉东博取众家之长，在此基础上完成超越，形成了她独特的个人风格。1938年，她在弥留之际对艺术史家弗朗西斯·卡尔科推心置腹地说："我完成了作品，我从作品中获得的唯一的满足感源自我从来没有背叛或者放弃我所坚信的东西。"对传统逻辑的蔑视使得瓦拉东的艺术生涯变得独一无二。1938年，瓦拉东去世，葬于圣旺公墓，包括乔治·布拉克、巴勃罗·毕加索等在内的知名画家都参加了她的葬礼。

瓦拉东曾经居住过的科尔托路12号如今已经成为蒙马特博物馆，馆内二楼有一个展厅依然保留着她当年画室的面貌，入口处的花园有一间很小的放映厅，每天轮番播放一个10分钟的短片介绍蒙马特的历史，也是以瓦拉东的口吻叙述的。不仅如此，从蒙马特山脚登上圣心大教堂的缆车总站被命名为苏珊娜·瓦拉东广场。巴黎的这些坐标告诉我们，瓦拉东没有被遗忘。蒙马特是我很喜欢的巴黎街区之一，我常常会到这一带闲逛。今年夏天我去蒙马特博物馆看了新展《女性超现实主义？》，其中展示了50多位女性艺术家的作品，然而惭愧的是，很多名字我都没有听说过。入口处的工作人员给每位参观者发了一张卡片，卡片上宣传的就是梅兹蓬皮杜艺术中心的苏珊娜·瓦拉东回顾展，于是我决定去看一看。说回到展览的题目"一个她自己的世界"（Un monde à soi），其实是化用了英国作家弗吉尼亚·伍尔夫的经典作品《一间自己的房间》，法语译名是"Une chambre à soi"，与展览的标题遥相呼应。女性要拥有一间自己的房间，要拥有一个自己的世界，要成为她自己。

2023 年 7 月

"卢浮宫阿波罗厅的金碧辉煌，奥赛博物馆时钟前的黑白交错，巴黎这座城市以前所未有的方式回顾了伊夫·圣罗兰的创作历程。"

伊夫·圣罗兰的传奇人生

伊夫·圣罗兰联展

2022 年的巴黎总少不了提到这几位人物。首先是戏剧家莫里哀，为了纪念莫里哀诞辰 400 周年，法国各大剧院轮番上演其代表剧目，其中号称"莫里哀之家"的法兰西戏剧院陆续推出了《伪君子》《恨世者》《无病呻吟》等经典作品，每场几乎座无虚席。今年还是马塞尔·普鲁斯特逝世 100 周年。早在去年年底，巴黎卡纳瓦莱博物馆就拉开了特展的序幕，共展出 280 件和普鲁斯特相关的展品，包括照片、绘画、手稿、海报、家具等，紧随其后，今年巴黎犹太艺术与历史博物馆也举办了和作家相关的展览。

除此之外，2022 年的巴黎一定也属于伊夫·圣罗兰，全城六大博物馆（蓬皮杜艺术中心、巴黎现代艺术博物馆、卢浮宫博物馆、奥赛博物馆、毕加索博物馆以及伊夫·圣罗兰博物馆）联动，纪念圣罗兰第一场时装秀60周年。1962年1月29日，年仅26岁的伊夫·圣罗兰举办了以自己名字命名的第一个系列时装秀。上述六家博物馆错落有致地分布在巴黎的不同街区：伊夫·圣罗兰博物馆内的展品自然不用多说，蓬皮杜艺术中心、毕加索博物馆、巴黎现代艺术博物馆内部依稀可见诸多画家对圣罗兰的影响，还有卢浮宫阿波罗厅的金碧辉煌，奥赛博物馆时钟前的黑白交错，巴黎这座城市以前所未有的方式回顾了伊夫·圣罗兰的创作历程，这场联展宛若一场精心设计的寻宝之旅，带领游客去探索这位天才般的时装设计师。

天赋异禀的圣罗兰

1936年8月1日，伊夫·圣罗兰在阿尔及利亚的奥兰出生。多年后，他回忆起奥兰时感叹道：奥兰，一个由来自世界各地特别是来自远方的商人组成的都市，一个沐浴在北非静谧的阳光下绽放着缤纷色彩的城市。或许早在那时，色彩这个元素就已经在圣罗兰身体内扎根萌芽。

学生时期，腼腆害羞的圣罗兰热爱文学，也常常翻阅母亲买来的时装杂志。他写过诗歌，还绘制了缪塞的《玛丽安的随想曲》以及福楼拜的《包法利夫人》的插图。年纪轻轻的圣罗兰对时装表现出强烈的兴趣，当时设计的服装草图已经展现出他惊人的天赋。1953年，17岁的圣罗兰参加了国际羊毛秘书处的比赛，获得了礼服类第三名。1954年9月，伊夫·圣罗兰搬到巴黎，开始了时装的学习生涯。同年11月，他再次参加了比赛，并凭借黑色绉绸鸡尾酒裙获得了礼服类第一名。

克里斯汀·迪奥正是比赛的评委之一。1955年6月20日，迪奥邀请圣罗兰和自己一起工作。圣罗兰为迪奥设计的第一条裙子被理查德·艾夫登拍成了著名的照片《多维玛与大象》。1957年10月24日，迪奥先生去世，圣罗兰成为迪奥的接班人，要知道，当时的圣罗兰才不过21岁。随后，由于入伍、住院等原因，圣罗兰离开了迪奥，和同伴皮埃尔·贝尔热创办了自己的时装公司，正式启用YSL这个名字。也就是1962年1月29日，在斯彭蒂尼街30号，圣罗兰举办了第一场时装秀，时尚界人士纷纷赶来见证这位"时尚小王子"的回归。

伊夫·圣罗兰与绘画

圣罗兰曾说过："我痴迷于绘画，因而我从绘画中汲取创作灵感也是再自然不过了。"自1965年起，他开始将现代艺术用在服装设计中，同年秋冬系列的灵感就来自荷兰画家蒙德里安，这也是时装界第一次从艺术作品中汲取灵感。当时蒙德里安的作品并不被法国大众所熟知，在这场致敬蒙德里安的时装秀发布4年之后，也就是1969年，橘园美术馆才组织了一场蒙德里安回顾展，这位长期以来被法国艺术界忽视的画家终于得到了公正的对待。1975年，国家现代艺术博物馆（即蓬皮杜艺术中心）收购了蒙德里安的作品《红、蓝、白的构成 II》，当时距离圣罗兰的时装秀发布会已经过去差不多10年了。某种程度上，这也表现出圣罗兰对现代艺术的独特敏锐力。

1979年至1988年间，亨利·马蒂斯和巴勃罗·毕加索的作品出现在圣罗兰的设计中。1981年秋冬系列中有一件服装的灵感就是来自马蒂斯的《罗马尼亚风格的衬衫》。圣罗兰直言："我很喜欢马蒂斯,特别是他平静的生活以及他对色彩持续不断的追求。我一直想设计这件衬衫。我很喜欢东欧的民间服饰。它们的剪裁非常简单,永远不会过时。"

至于毕加索就更不用说了,1992年,在被问及认为自己和哪位画家更接近时,圣罗兰回答说:毕加索,一直都是。说起圣罗兰和毕加索的渊源,早在1917年和1919年,毕加索为谢尔盖·达基列夫的俄罗斯芭蕾舞团设计服装,1979年,圣罗兰在法国国家图书馆举办的特展中发现了当年毕加索的服装设计,从中汲取了不少创作灵感。不仅如此,毕加索和圣罗兰都热衷收藏,对非洲艺术都表现出强烈的兴趣,而且圣罗兰还收藏了5件毕加索的作品。

除此之外,皮埃尔·博纳尔、劳尔·杜飞、索尼娅·德劳内、费尔南·莱热、乔治·巴拉克等画家都对圣罗兰产生了深远的影响。圣罗兰离开时装界前的最后一场时装秀是2002年1月,地点选在了蓬皮杜艺术中心,仿佛也暗示了这些年他从未停止过在服装设计和现代艺术之间的探索。

对普鲁斯特的痴迷

学生时代的伊夫·圣罗兰阅读了马塞尔·普鲁斯特的《追忆似水年华》,终其一生都为之深深着迷。当被问起最喜欢的作家是谁时,伊夫·圣罗兰脱口而出:普鲁斯特。1971年12月2日,罗斯柴尔德男爵和夫人在巴黎郊区的费里耶尔城堡举办了一场化装舞会,以纪念普鲁斯特100周年诞辰。圣罗兰以普鲁斯特所处的美好年代为灵感,为男爵夫人玛丽-海伦·德·罗斯柴尔德、南·坎普纳、简·柏金、海伦·罗莎等社会名流设计了服饰。

圣罗兰和普鲁斯特的关联还远不止于此。据其同伴贝尔热所说，1966年以来，他们都是在马拉喀什度过夏天，由于厌倦了炎热的天气，他们开始在特鲁维尔附近找房子。1983年，二人买下了位于滨海伯内尔维尔的加百利城堡，据称可能就是在这里普鲁斯特遇见了法国出版家加斯东·伽利玛。圣罗兰和贝尔热把城堡的设计工作交给朋友雅克·格朗日，根据圣罗兰的要求，每个房间都按照《追忆似水年华》中的一个人物来命名，比如伊夫·圣罗兰的房间是斯万，皮埃尔·贝尔热的房间是夏吕斯男爵，城堡宛若一个"普鲁斯特之家"。在1990年春夏系列中，圣罗兰向他所崇拜的人物致敬，其中包括普鲁斯特。2002年，圣罗兰宣布离开时装行业，他在作告别演说时提到了两个人，一位是诗人兰波，另一位则是普鲁斯特。

圣罗兰说："普鲁斯特对我来说是最伟大的文学家，他最常谈论女性，他的生活和我的很相像。"1966年，圣罗兰设计了女性燕尾服套装，将男装元素运用到女性服装里，这也是他一直感到自豪的设计之一："我觉得我创造了一个现代女性的衣橱，我参与了我所在的时代的转变。我相信，时尚不仅是让女性看起来更美丽，还能给她们带来自信。我想让自己为女性服务，为她们的身体、她们的态度、她们的生活服务。我想在这场解放运动中陪伴她们。"圣罗兰通过着装解放了现代女性，诠释了他对"自由"的定义。同样敏感细腻，甚至带点"神经质"，普鲁斯特和圣罗兰分别以自己的方式，通过作品表达了对美学的个人理解。

给伊夫的信以及电影

2008年6月1日，伊夫·圣罗兰因脑癌去世，享年71岁。时任法国总统萨科齐为他举行了国葬。在圣罗兰的葬礼上，皮埃尔·贝尔热发表了讲话。之后的一年里，贝尔热用文字写下了他对圣罗兰的思念，并结集成书《给伊夫的信》。圣罗兰生前和贝尔热在7区巴比伦街的公寓里生活了很多年，那里摆满了他们近40年里共同的收藏成果，宛如一座小型私密的博物馆。圣罗兰去世后，贝尔热决定卖掉二人的全部收藏，除了他们的第一件藏品，一尊西非大鸟雕塑。共计733件杰作陈列在大皇宫里，3天内吸引了3万多人，这场拍卖也被称为"世纪拍卖"。在拍卖前的展览会上，贝尔热与每一件作品一一道别，正如贝尔热所言，这是他照顾它们的方式，为它们找到新的栖息地。2010年，纪录片《疯狂的爱》以拍卖作为开始，通过一件件艺术品追溯二人的生活轨迹。2014年1月和5月，两部圣罗兰传记电影先后上映，《伊夫·圣罗兰传》和《圣罗兰传》，分别由皮埃尔·尼内和加斯帕德·尤利尔饰演伊夫·圣罗兰。一千个人眼中有一千个圣罗兰。不同的导演以各自的方式呈现了圣罗兰这位天才的传奇一生，正如贝尔热在《给伊夫的信》最后写的那样：回忆他，每个人想起的都会是属于自己的伊夫。

如果你去看纪录片《伊夫·圣罗兰的手稿》（2017），你会发现早在1956年年纪轻轻的圣罗兰就创作了连环画《维莱恩·露露》，故事围绕一个可爱又傲慢的小女孩露露展开。大约10年后，1967年，在弗朗索瓦丝·萨冈的建议下，这部连环画正式出版。福楼拜在创作《包法利夫人》

后曾说过"包法利夫人就是我",但是圣罗兰明确强调,他不会说出"露露就是我"这样的话。然而,早在那时,尚未成名的圣罗兰已经在本子上画下了自己的一生,裹挟在巨大的孤独中的一生。幸好,贝尔热一直相伴左右,不离不弃。二人共同生活的50年,如同一个美轮美奂的梦。"你的死亡敲响了结束这一乐章的最后音符。……只剩下我一个人,而我的记忆就是我所有的行李。"贝尔热把圣罗兰的骨灰埋在了摩洛哥马拉喀什别墅的花园里。

就像贝尔热在《给伊夫的信》中写的那样:"艺术家的生命和别人的生命不一样。他们会通过他们的作品陪伴我们。"伊夫·圣罗兰就是如此。在巴黎现代艺术博物馆的巨幅壁画《电力女神》前,伊夫·圣罗兰设计的3件绸缎晚礼服传递出他对色彩的执着追求,奥赛博物馆时钟前的7件黑白礼服唤起了我们对遥远的美好年代的记忆,蓬皮杜艺术中心展示的宝丽来照片定格了逝去的时间……在圣罗兰的葬礼上,凯瑟琳·德纳芙应贝尔热的要求,朗读了惠特曼的一首诗,其中有一句:"我在某处停下,只是等你。"今天,我们在作品前驻足,也只为你。

2022 年 7 月

"色彩就好比维生素D，没有什么比色彩本身更美好的了。"

阿涅斯·瓦尔达：当时间流逝变得可以捉摸

阿涅斯·瓦尔达被誉为"新浪潮之母"。1928年5月出生于比利时，1940年，为躲避战乱，全家移居至法国南部的小镇塞特，1951年，她买下了巴黎14区达格雷街86号的房子，之后在那里生活了60多年，直至2019年3月29日去世。今天走在这条街道，依然可以看到这栋紫红色的建筑。

阿涅斯·瓦尔达的职业生涯大致分为三个阶段：她最初从事摄影艺术，1949年获得摄影专业技术证书后，先后在阿维尼翁戏剧节和国立大众剧院担任摄影师。她还曾远赴古巴、中国等地开展新闻报道。1954年，瓦尔达将重心转向电影，并于次年拍摄了电影处女作《短角情事》。多年后，瓦尔达在自传作品《阿涅斯论瓦尔达》中谈到这个转变，她表示，电影比摄影多了时间这个重要的维度。瓦尔达拍摄了一系列优秀的电影作品，成为法国电影界举足轻重的人物之一，她不仅是法国新浪潮中唯一的一位女导演，也是首位获得荣誉金棕榈奖（2015 年）和奥斯卡终身成就奖（2017年）的女导演。

2003 年，75 岁的瓦尔达再次开拓新的领域——造型艺术，她将自己称作"年长的电影导演，年轻的造型艺术家"。2006 年，她受卡地亚当代艺术基金会之邀，举办了展览"岛屿和她"。今天，如果你经过拉斯帕尔大道 261 号，会看到一栋玻璃外墙装置的建筑，那就是位于 14 区的卡地亚当代艺术基金会。从外面向内张望，满眼都是郁郁葱葱的植物，如果你走进去，就会发现花园里有一个简易的猫咪棚屋，那是瓦尔达于 2016 年为她的猫咪设计的。

瓦尔达养过一只猫咪，名叫茨咕咕。她在纪录片《飞逝的狮子》（2003）开头就说道：如果说茨咕咕是她和丈夫雅克·德米的电影公司 Ciné-Tamaris 的吉祥物，那么这只雄狮则是巴黎 14 区的吉祥物。还没有靠近丹费尔·罗什洛广场，你远远地就可以望见一只狮子昂着头骄傲地立在广场中央。附近就是游客慕名前去参观的巴黎地下墓穴，一个让人联想到骷髅和死亡的地方。

1962 年瓦尔达拍摄了《5 至 7 时的克莱奥》，其主题之一就是表达对死亡的恐惧。电影里，女歌手克莱奥担心自己身患癌症，焦虑地等待着体检结果。影片以此出发，刻画了她下午 5 时至 6 时 30 分的心路历程。不同于标题中的 7 时，瓦尔达留出了半小时的空白时段，观众可以自行想象接下来的情节走向。全片被切分成若干个规整的时间段，与现实生活中真实的时间同步，每个时间段通过一个人物的视角进行刻画，可以是女主人公本身，也可以是身边的其他人物。克莱奥以里沃利街为起点，从一条街走到另一条街，帽子店、咖啡馆、家、公园、火车站，等等，大部分活动区域都集中在 14 区。今天，蒙帕纳斯大道如往常一般，车水马龙，川流不息，影片中出现的多姆咖啡馆依然伫立在街道的拐角处，见证着巴黎这座城市的变迁。

片中克莱奥在蒙苏里公园和士兵相遇的一幕也尤其经典。在巴黎，每走几步总能看到一座街心花园，除此之外，巴黎市内也有几座大型公园供居民跑步、野餐、休憩，比如 6 区的卢森堡公园、8 区的蒙索公园、19 区的肖蒙小丘公园，等等。蒙苏里公园，也被称作老鼠山公园，算得上巴黎 14 区的标志性景点，它紧邻大学城，面积宽阔、环境清幽、绿树成荫。尽管今天已经看不到影片中的观星台，但是蜿蜒的小路、起伏的阶梯依旧可以辨认出往昔的痕迹。两位主角离开蒙苏里公园后，准备前往沙普提厄医院。在公交车上，士兵对克莱奥说起意大利广场四周的泡桐，这个意象也出现在法国作家帕特里克·莫迪亚诺的作品中，就好像泡桐这个名词已然成为 20 世纪 60 年代的一个标签。2005 年，瓦尔达又拍摄了《5 至 7 时的克莱奥：回忆与逸事》，时隔多年，故地重游，瓦尔达讲述了很多当年拍摄时的幕后故事和花絮，其中就提到，如今这些泡桐都已经不复存在。

如前文所述，阿涅斯·瓦尔达一生的大部分时间都居住在达格雷街，1976 年，她拍摄了纪录片《达格雷街风情》，将镜头对准了自己居住的这条街道，展现了杂货店、肉店、面包店、香水店、驾校等店铺的图景。瓦尔达并不是流水账式地简单拍摄，其精妙之处就在于，她通过这条街上的一场魔术表演串联起了整部纪录片。导演阿涅斯·瓦尔达就如同一位神奇的魔术师，让街区的日常变得生动，让时间的流逝变得可以捉摸。在观看这部纪录片之前，我曾去过达格雷街，但那时我并不知道这条街和瓦尔达的关联。有一天中午，我无意间路过这里，立刻被街道两边色泽鲜艳的水果吸引住了。瓦尔达在访谈中曾说过：色彩就好比维生素D，没有什么比色彩本身更美好的了。我深以为然。如今，对我来说，这条街因为瓦尔达的缘故又多了几分意义。

说起阿涅斯·瓦尔达，总会想到"女性主义"这个标签，而说到法国女性主义，又少不了提到西蒙娜·德·波伏娃。1971年，波伏娃发起了名为"343荡妇宣言"的运动，由343位女士联名签署，旨在通过承认自己的堕胎经历来抵抗法国当时禁止女性堕胎的法律，瓦尔达就是这343位女性中的一员。从《5至7时的克莱奥》《一个唱，一个不唱》（1977）到《天涯沦落女》（1985），瓦尔达一次又一次将视角聚焦女性，用她的镜头构筑了一部独一无二的女性主义历史。

事实上，波伏娃也和巴黎14区颇有渊源，她的家位于维克托·舍尔歇路11号乙，就在蒙帕纳斯公墓的对面。这座公墓里埋葬了很多名人：雅克·德米和阿涅斯·瓦尔达、让-保罗·萨特和西蒙娜·德·波伏娃、雅克·希拉克（曾任法国总统）、欧仁·尤内斯库（剧作家）、赛日·甘斯布（歌手）、亨利·朗格卢瓦（法国电影资料馆的创始人）。这几个人的墓碑格外醒目。瓦尔达的墓碑上有她钟爱的猫咪图片和心形土豆，旁边还有一张长椅，据说是丈夫雅克·德米去世后，瓦尔达为了能坐在一旁陪伴他专门安放在那里的。长椅见证了二人真挚的感情。

　　紧邻蒙帕纳斯公墓，有一条路名叫埃米尔·理查德路，如果你留心观察，会发现马路两边的柱子顶部被粉刷成红色和白色，红白两色正是瓦尔达发型的颜色。这是 2019 年瓦尔达去世后，其后人特意用来怀念她的可爱设计。在巴黎 14 区区政府附近的查尔·迪夫利路，还有一面墙专门绘制了纪念瓦尔达的壁画。阿涅斯·瓦尔达一生的大部分时光都扎根于巴黎 14 区，用其诗意的镜头语言记录下身边的景象和时间的流逝。今天，走在蒙帕纳斯公墓里，偶尔会瞥见散落在路上的地铁票。萨特和波伏娃墓碑上的地铁票尤其多。地铁票背后的含义难以考证，就好像《5 至 7 时的克莱奥》里没有交代的最后半小时，每个人都可以有自己的解读。或许，人生就如同一场单程旅行，我们手持车票，不时深情款款地回头凝望，又继续一往无前地朝着未来行进……

2021 年 8 月

"我们如同一个个巴黎夜旅人，相聚、离别、再次相聚、再次离别，在一往无前的道路上，时不时深情回望年少青春岁月，然后轻轻道出一句：你好，忧愁。"

《巴黎夜旅人》：献给巴黎的小夜曲

2022 年 5 月，米夏埃尔·艾斯导演的《巴黎夜旅人》在法国上映。此前 2 月，该影片获得第 72 届柏林国际电影节金熊奖最佳影片提名。《巴黎夜旅人》由夏洛特·甘斯布、艾曼纽·贝阿等影星出演，这也是二人继 1999 年《圣诞蛋糕》后再度联袂演绎。电影背景设置在 20 世纪 80 年代的巴黎，大量穿插的历史镜头一下子把观众拉回到过去的岁月。全片分为 3 个时间段，故事开头是 1981 年 5 月 10 日至 11 日的夜晚，弗朗索瓦·密特朗当选法国总统，成为第五共和国历史上首次执政的左派总统，整个法兰西沉浸在欢腾的氛围中，女主人公伊丽莎白坐在副驾驶座位上，和丈夫、孩子准备回家。

这段画面只持续了几分钟。时间一瞬而过，来到了 1984 年。当时的法国由于财政赤字、通货膨胀等经济危机而实行紧缩政策。与此同时，伊丽莎白刚从乳腺癌疾病中康复，丈夫离她而去，她不得不独自一人抚养两个孩子，多年远离职场的她要顶着巨大的压力重新开始寻找工作。伊丽莎白饱受失眠的痛苦，法国广播电台的深夜节目《巴黎夜旅人》陪她度过了一个又一个漫漫长夜，她给节目组写了封求职信，节目制片人被其真挚的内容打动，交谈片刻后，伊丽莎白得到了节目接线员的工作。白天，伊丽莎白还在街区图书馆兼职打工，尽管收入不算优渥，但生活逐渐步入正轨。

在一次深夜节目录制时，伊丽莎白遇到了塔露拉，一个常年漂泊、居无定所的小女生，伊丽莎白让塔露拉暂时住在自己家的阁楼。伊丽莎白的两个孩子和塔露拉年纪相仿：大女儿朱蒂特读高三，热衷于政治活动，小儿子马蒂亚斯读高二，热爱写诗。三个人相处愉快，一起聊天，一起看电影。马蒂亚斯对塔露拉渐生情愫，然而塔露拉却在一个深夜不辞而别。镜头跨越到 1988 年。密特朗即将结束第一个七年总统任期，准备谋求连任。一天，塔露拉再次出现，伊丽莎白看到她胳膊上的针眼，把她带回了家，决心陪她渡过难关。影片中最美好的画面之一是四个人在偌大的客厅里相拥跳舞，黑胶唱片机播放着乔·达辛的歌曲《如果你不存在》……但是故事没有定格在这里。塔露拉如同一只小鸟，再次飞走了。前夫要把房子卖掉，伊丽莎白不得不尽快搬家，镜头下房间里的家具渐渐清空，窗外的万家灯火在沉沉的巴黎夜幕中发着光。

导演米夏埃尔·艾斯生于 1975 年，《巴黎夜旅人》是他的第四部剧情长片。从 2010 年的《记忆小巷》、2015 年的《夏日情事》、2018 年的《阿曼达》中，都可以看出导演对人物肖像与情感的细腻刻画。在上一部电影《阿曼达》里，新生代年轻演员文森特·拉科斯特贡献了不凡的演技，该影片一举斩获第 31 届东京国际电影节主竞赛单元最佳影片和最佳编剧两项大奖。故事同样发生在巴黎，主人公大卫的姐姐在一次恐怖袭击中遇害，大卫陪伴着侄女阿曼达走出伤痛，重建生活。艾斯用镜头刻画着平凡的日常，甚至有些琐碎、无聊，却如同一丝亮光，给人以力量和勇气。《巴黎夜旅人》也是如此。夏洛特·甘斯布将一位单身母亲的坚强形象生动地展现在观众面前，媒体认为这是她近年来饰演得最好的角色之一。

《巴黎夜旅人》的拍摄场地集中在巴黎 15 区的博格勒内尔一带。街区毗邻塞纳河，只需要穿过格勒内尔桥，就可以来到位于 16 区的法国广播电台，也就是伊丽莎白工作的地方。镜头里 20 世纪 80 年代的巴黎和今天相比，似乎一点变化也没有：6 号线地铁横穿巴黎，由于一部分路线是露天行驶，所以可以在车厢里欣赏铁塔一带的风光；骑着摩托车驶过塞纳河畔，巴黎自由女神像静静地伫立在河中央；自西向东横穿城市，来到 13 区埃斯库里亚电影院（Escurial），外墙贴满了各式各样的海报，散场的人群交谈着刚刚看过的影片；夜晚的酒吧门口挤满了人，深夜广播电台的节目如约而至，陪伴着每一位匆匆夜归人。《巴黎夜旅人》如同一辆摇摇晃晃的绿皮火车，模糊了记忆与时间……

说起记忆、时间、巴黎这些元素，自然会想到诺贝尔文学奖得主、法国作家帕特里克·莫迪亚诺。同样是怀揣着对巴黎这座城市的热爱，同样是作为巴黎地形学专家，艾斯和莫迪亚诺分别用镜头和文字向我们展示了昔日的巴黎。产生这样的联想不是没有依据。事实上，米夏埃尔·艾斯于 2006 年拍摄的第一部长达 45 分钟的中短片《夏雷尔》就是改编自莫迪亚诺的小说《如此勇敢的男孩》（1982）的第 11 章节。在书中，主人公在巴黎火车北站偶然遇见了初中同学夏雷尔，夏雷尔把他带到了附近一间公寓，几天后，在这间公寓里，夏雷尔被两颗左轮手枪子弹打伤……导演艾斯直言，这一章节既具备了莫迪亚诺作品中忧郁、印象派的风格，又兼具了某种隐秘柔和的暴力特征。这部短片入围了当年戛纳电影节影评人周。2010 年，长片《记忆小巷》的灵感来自莫迪亚诺的同名小说，讲述了一群 20 多岁的年轻人在巴黎郊区的故事，偶有媒体将艾斯称作"电影界的莫迪亚诺"。

不仅仅是巴黎这座城市，米夏埃尔·艾斯和帕特里克·莫迪亚诺都擅长刻画迷惘一代的年轻人，仿佛他们是青春最鲜明的注脚。莫迪亚诺笔下的年轻人，终日无所事事，游走在巴黎街头，肆意挥霍着自己的青春，弥漫着离愁别绪的小说《青春咖啡馆》中的主人公露姬就是一个例证。在艾斯的《巴黎夜旅人》中，马蒂亚斯和塔露拉爬上楼顶的天台，一边抽烟聊天，一边俯瞰巴黎夜景；又或者他们深夜骑着摩托，穿梭在巴黎的街道，坐在塞纳河边喝酒，却一不小心掉入了水中。不仅如此，在《巴黎夜旅人》中，我们还可以清晰地瞥见导演向法国新浪潮电影致敬的痕迹。影片中，三个年轻人先后在电影院看了埃里克·侯麦的《圆月映花都》和雅克·里维特的《北方的桥》，这两部影片均有帕斯卡·欧吉尔出演。世事难料的是，1984 年，年仅 25 岁的欧吉尔因突发心脏病而离世。欧吉尔的命运仿佛暗示了塔露拉的未来：稍纵即逝的青春。

对于导演艾斯来说，20 世纪 80 年代的巴黎是他的青春，是一段无与伦比的美好回忆，《巴黎夜旅人》宛若一首他献给昔日巴黎的小夜曲。今天，海明威的这句经典语录已经家喻户晓：如果你年轻时有幸在巴黎生活过，那么以后无论你走到哪里，巴黎都会一生追随着你，因为巴黎是一场流动的盛宴。夜色中，点点星光下的塞纳河水不知疲倦地缓缓流淌，我们如同一个个巴黎夜旅人，相聚、离别、再次相聚、再次离别，在一往无前的道路上，时不时深情回望年少青春岁月，然后轻轻道出一句：你好，忧愁。

2022 年 6 月

"每个人都会经历情感变化，都要面对衰老病痛，然而总会出现一束光亮，在某个晴朗之晨，在某个日落时分……"

《晨光正好》：巴黎女性如何面对爱与衰老？

2022年10月5日，法国导演米娅·汉森-洛夫的第八部长片《晨光正好》在法国院线上映。此前，这部影片曾于5月在第75届戛纳电影节的导演双周单元首映，并斩获欧洲电影奖。《晨光正好》堪称众星云集，包括蕾雅·赛杜、帕斯卡尔·格雷戈里、梅尔维尔·珀波。影片延续了米娅·汉森-洛夫一贯温柔细腻的特点，围绕女主人公桑德拉展开：桑德拉的丈夫于五年前去世，她一边独自抚养女儿，一边照顾年迈的父亲。《晨光正好》的叙事节奏张弛有度，宛若一首娓娓道来的抒情诗。

在影片开头，阳光穿过树影，桑德拉背着双肩包走在巴黎的街道，她去看望居家的父亲。父亲身患班森综合征，也称作脑后部皮组织萎缩，是一种特殊类型的阿尔茨海默病。该病患者的语言和视觉会受到影响，包括失去视力，行动迟缓，丧失记忆，行动不能自理等。桑德拉站在门外让父亲开门，父亲艰难地找到了钥匙，好不容易才转开了门把手。桑德拉的父母很多年前就离婚了，父亲自己一人住在公寓里。随着他的病情一天天恶化，医生要求必须有人时刻陪在他身边，不得已之下，桑德拉决定将父亲送到养老院。在等待养老院出现空床位之前，她不得不为父亲寻找临时的安置点，先是医院，然后是私立机构，兜兜转转，就在时间的无情流逝中，父亲的身体状况每况愈下，他的腰直不起来了，他不愿意听此前最爱的舒伯特，他看不清眼前的桑德拉，他甚至经常忘记自己身处何地。

最令人难过的无疑是他再也不能阅读了，这也意味着家里的藏书对他来说已经毫无意义。退休前父亲是一名深受学生爱戴的哲学教师，对于一位毕生致力于教书和翻译的知识分子来说，丧失语言和表达能力该是一件多么让人难以承受的事情。桑德拉联系了父亲曾经的学生，请他们来家里挑选需要的图书带走。桑德拉看着书架上的藏书，忍不住感叹道：这些书好像比养老院里的那个人更像父亲本人，看到这些书就会想起父亲。8 岁的女儿表示不理解，反问：可是这些书并不是他写的啊？桑德拉回答：但这些书是他选的啊。是这些书塑造了父亲，他的思想品德，他的行为举止，所以在桑德拉心中，这些藏书远比养老院中那具只剩躯壳的肉身更能代表睿智的父亲。

如果说全片仅仅围绕这条线展开，已经足以拍成一部不错的影片。近年来，生命终结这个主题常常出现在法国导演的镜头下，比如 2021 年弗朗索瓦·欧容的《一切顺利》和艾曼纽·贝考的《在他的一生中》。然而，这一次，父亲并不是故事的绝对主角，相反女儿桑德拉被置于中心。在为父亲寻找养老院的惆怅时刻，桑德拉在公园里偶遇了亡夫的昔日好友克莱蒙，二人很快坠入爱河。然而克莱蒙已有妻儿，他试图离开桑德拉，却发现根本做不到，二人分分合合，最后克莱蒙选择对妻子说出实情，来到桑德拉身边。

于是呈现在观众眼前的《晨光正好》有了并行的两条主线，一条关于衰老与死亡，一条关于爱欲与新生。对此，同时身兼编剧一职的米娅·汉森-洛夫表示，她之所以写出一个疾病与情感相结合的双重情节，是因为她永远不可能拍一部只关注生活黑暗面的影片，"如果我只知道悲伤，我将永远无法拍摄这部电影"。她总是希望在她的镜头里"光亮"多过"黑暗"，所以在故事最后，当桑德拉带着女儿和克莱蒙三个人在蒙马特高地俯瞰巴黎之时，观众似乎也感受到一股来自生活的温柔力量，那一刻，电影《晨光正好》仿佛在发光……

导演兼编剧米娅·汉森-洛夫1981年生于巴黎，1998年和2000年先后出演法国导演奥利维耶·阿萨亚斯的电影《我的爱情遗忘在秋天》和《缘分的春天》。接下来的几年里，她为杂志《电影手册》撰写评论，并于2003年和2005年拍摄了两部短片《经过深思熟虑》和《特别优惠》。2007年，她凭借第一部剧情长片《百无禁忌》获得第33届法国电影凯撒奖最佳处女作奖提名。此后，她继续执导拍摄了影片《我孩子的父亲》（2009）、《再见初恋》（2011）等。2016年，她凭借《将来的事》荣获第66届柏林电影节最佳导演奖，该片由知名影星伊莎贝尔·于佩尔主演，刻画了哲学教师娜塔莉在丈夫出轨、母亲离世等变故下的心路历程。

《晨光正好》某种程度上是《将来的事》的延续，二者都将女性置于影片的中心位置，描绘了法国女性知识分子在面对生活困境时的行动表现，共同构成了米娅·汉森 - 洛夫的"女性组曲"。这一次，电影《晨光正好》带有更加鲜明的自传色彩。米娅·汉森 - 洛夫出生于哲学世家，其父母都是哲学教师，所以她的影片总是充满了哲学气息。父亲奥勒·汉森 - 洛夫于 2020 年 5 月去世，生前身患班森综合征。在父亲患病的日子里，米娅·汉森 - 洛夫眼睁睁地看着父亲丧失表达能力，她也清楚地知道自己和父亲进行的交谈都是毫无意义的。她决定把这段经历写成文字，完成剧本后的两个月，父亲在养老院中过世。对米娅·汉森 - 洛夫来说，电影可以分为两类：想要拍的和必须拍的，《将来的事》和《晨光正好》无疑属于后者，"是它们给了我继续走下去的勇气"。

　　米娅·汉森 - 洛夫邀请帕斯卡尔·格雷戈里饰演父亲这个角色，她在访谈中表示，格雷戈里长得很像她父亲，同样都是蓝眼睛，同样的睿智和优雅，同样都带了一点多愁善感的特质。为了诠释影片中的人物形象，格雷戈里还专门听了米娅·汉森 - 洛夫的父亲生病时说话的录音。至于女主人公桑德拉这个角色，米娅·汉森 - 洛夫表示她在写剧本的时候，脑海里出现的演员就是蕾雅·赛杜，非她莫属，就像当年的《将来的事》，在她心中，娜塔莉只能由伊莎贝尔·于佩尔饰演，无可替代。在《晨光正好》里，桑德拉的工作是一名同声传译，她常常需要在同一时刻进行多任务处理，就像生活中她奔走于父亲和情人不同的关系之中。父亲的身体每况愈下，情感生活摇摆不定，导致她在一次同传中出现失误。面对重重"中年女性危机"，桑德拉依然步履不停，一往无前。

从《将来的事》到《晨光正好》，充满哲思的对话和丰富细腻的情感让米娅·汉森-洛夫的影片笼罩着一层"侯麦色彩"，更何况格雷戈里曾经出演过侯麦的《沙滩上的宝莲》和《大树、市长和文化馆》，梅尔维尔·珀波也曾在侯麦的《夏天的故事》里担当男主角。在访谈中，米娅·汉森-洛夫多次提到侯麦影片中有一句话让她印象深刻，"是生活的多样性给我带来慰藉"，而她也希望自己的作品可以呈现这个特点，所以《晨光正好》中的双线情节并不意外，哀悼与新生，如同一组既对立又不可分割的哲学命题。

除了注重表现每个人物的内心世界之外，米娅·汉森-洛夫也为观众呈现了一幅浪漫动人的巴黎城市风光。电影中，桑德拉行走在巴黎的大街小巷，搭乘地铁穿梭于塞纳河的两岸；她带着女儿在河边树荫下吃冰淇淋，去号称"宇宙中心"的巴黎大堂地下看电影；她和克莱蒙在巴黎植物园相遇，在卢浮宫前的卡鲁塞尔花园散步；又或者，他们一行三人在文森公园划船，在圣心大教堂前面的广场上看风景……他们倚靠在蒙马特的栏杆上，宛如幸福的一家三口，画面在此定格，片尾曲《Love Will Remain》缓缓响起，就像歌词写的那样：知识会散去，语言会失效，但爱将永存。

影片中，父亲在患病早期计划写一本自己的传记，他草拟的书名是一个德语短语"An einem schönen Morgen"，翻译成法语就是影片的标题"Un beau matin"，直译是"一个晴朗的早晨"。桑德拉在父亲歪歪扭扭写成的笔记本里发现了这个笔记。在访谈中，导演米娅·汉森-洛夫表示，电影标题是她很早之前就确定了的，她认为尽管电影呈现了生活中不得不面对的残酷一面，但是每当说起这个词组时，我们仿佛可以从中感受到一束光亮。《晨光正好》里的每一帧画面都是如此日常，镜头里他们的生活，又何尝不是我们的写照？在日复一日的平凡生活里，每个人都会经历情感变化，都要面对衰老病痛，然而总会出现一束光亮，在某个晴朗之晨，在某个日落时分……

2022 年 10 月

"个体的光芒照亮幽暗的历史，集体记忆构建于个体记忆之上，今日的《超八岁月》与彼时的《悠悠岁月》遥相呼应。"

《超八岁月》：个体与时代的"影像之书"

2022 年 10 月 6 日，法国作家安妮·埃尔诺荣获诺贝尔文学奖。在近 50 年的写作生涯中，安妮·埃尔诺共出版了 20 余部作品，其写作特色主要是从个体生活切入，关注社会问题，聚焦个人与时代的联结，并且创造了一种融合个人史和时代史的"无人称自传"。除却"诺贝尔文学奖得主"这个新头衔之外，今年安妮·埃尔诺还尝试了"第一次跨界"，她和儿子大卫·埃尔诺 - 布里奥共同导演的纪录片长片《超八岁月》于 5 月在第 75 届戛纳电影节的"导演双周"单元上亮相，并计划于 12 月在法国院线上映。全片时长约一小时，原始素材来自 1972 年至 1981 年间他们家用的一部超 8 毫米摄影机拍摄的影像，后期经过剪辑，并配有安妮·埃尔诺本人亲自撰写和朗读的旁白。

安妮·埃尔诺生于 1940 年，在诺曼底的小镇伊沃托长大，先后在鲁昂大学和波尔多大学主攻文学专业，毕业后成为一名中学法语教师。20世纪60年代前后，她嫁给了菲利普·埃尔诺，并生下两个儿子：哥哥埃里克和弟弟大卫，后者也就是本片的另一位导演。1974年安妮·埃尔诺出版了第一部作品《空衣橱》，1983年出版了《位置》并于次年荣获勒诺多文学奖。在出版于2008年的作品《悠悠岁月》中，作家抛弃了第一人称"我"（je），而是采用无人称泛指代词"我们"（on）进行写作，通过一张张照片引出对过去的回忆，将个人的小事与时代的大事融合在一起。安妮·埃尔诺的文学成就不一而足，荣膺诺贝尔文学奖也是实至名归。儿子大卫·埃尔诺-布里奥生于1968年，先后在安纳西和塞尔吉-蓬图瓦兹长大（正如在纪录片中所呈现的那样），在大学期间他主攻科学方向，毕业后从事相关新闻节目工作，他参与了电视节目《E=M6》和《原来如此》，还为一些数字教育平台编导了《机器剧场》《语料库》《艺术与运动》等迷你剧。

事实上，纪录片《超八岁月》也可以看作一曲"六手联弹"，因为其素材几乎都是彼时安妮·埃尔诺的丈夫菲利普·埃尔诺拍摄的。表面上看，它是埃尔诺家的影像档案，记录了一家人在生日、圣诞、假期的日常图景，但同时，它犹如一扇窗户，呈现出当时法国中产阶级的生活特征。正如导演安妮·埃尔诺所言："当我回看我们在1972年至1981年期间拍摄的超八胶片时，我意识到它们不仅是一份家庭档案，也见证了1968年后的十年间一个社会阶层的品位、休闲、生活方式、热爱与期待。我想通过引用我在那些年写的日记，把这些无声的影像融入个人、历史与社会的交汇叙述中。"超8毫米摄影机拍摄的画面均没有声音，安妮·埃尔诺为它们撰写了文本，可以说，纪录片《超八岁月》和作家的其他作品一脉相承，并且因影像的介入弥补了文字的短板，进一步拓展了其文本维度与丰富内涵。

作家笔下的几个典型元素在纪录片中清晰可辨。首先是社会阶层。彼时安妮·埃尔诺的丈夫在安纳西市政府任职，一家人住在市政府分配的房子里。她在纪录片中介绍称，在当时，超8毫米摄影机是一件比洗衣机和彩色电视更令人心动的东西。菲利普·埃尔诺拿到相机后热衷于拍摄住所的装饰，包括精美的墙纸、从古董店淘来的小玩意儿等，它们和超8毫米摄影机一样，某种程度上成为当时中产阶级的象征。不仅如此，在20世纪70年代，拥有"闲钱"的中产阶级还热衷于去远方旅行。超8毫米摄影机也记录下了他们一家前往智利、摩洛哥、阿尔巴尼亚、英国、西班牙、葡萄牙等国家的画面。1972年，在《新观察报》的邀请下，埃尔诺夫妇二人来到智利，彼时总统萨尔瓦多·阿连德推行了一系列"智利社会主义之路"的规划，包括进行大型工业国有化，给儿童提供免费牛奶，深化土地改革，等等。在智利的所见所闻触动了安妮·埃尔诺，她想起了自己在20岁时的誓言：我要写作，为我的阶层复仇。镜头之下，个人的游历与时代的变迁合二为一，安妮·埃尔诺以一个左翼知识分子的视角窥探着法国乃至世界的变化。

在纪录片中还可以看到安妮·埃尔诺母亲的身影，这一人物形象曾出现在《位置》《一个女人》（1987）等其他作品中，而母亲所代表的社会阶层正是作家拼命想要叛逃的阶层。安妮·埃尔诺的父亲去世后，母亲便离开伊沃托来到安纳西和他们一起生活。然而镜头下母亲的形象略微显得有些格格不入，她对家中墙上的装饰有不同的见解，常常身穿一件带口袋的花罩衫，或许是受到贫穷出身以及战争期间饱受饥荒之苦的影响，她总是要在口袋里放一条手帕和几块方糖。安妮·埃尔诺说，母亲和丈夫代表了其社会旅程的两个端点：起点和终点。安妮·埃尔诺无疑实现了她的"阶级叛逃"，但是这还远远不够，她想要说的话还很多，甚至可以认为，她的文学之路恰恰开始于她有意识地对"阶级叛逃者"这个社会学概念的探讨与回应。

在《超八岁月》的独白里，安妮·埃尔诺称，她常常在没有课的下午进行写作，写那些教育和文化如何让她叛逃自己所出生的社会阶级的故事。用她的话来说，在一个温柔的年轻母亲形象背后隐藏着一个迷恋写作的女人，这个女人想要把生活中的每一个事件全部写进一本让人感到震撼的小说之中。只不过，她的写作都是秘密进行的，她没有办法告诉任何人，丈夫也好，母亲也罢。当她陪同丈夫出席活动时，她心里想的都是家中藏在抽屉里的创作手稿，它宛若一颗定时炸弹，悄悄埋在这个看似幸福的家庭内部。夫妻二人的情感危机并非无迹可寻。超8毫米摄影机拍摄的家庭画面越来越少，亲密时光似乎不复存在。安妮所接受的理念是自由和男女平等，然而在婚姻生活中，她所扮演的角色是"奶妈"，是"沉默的后勤管家"，甚至在纪录片开头，她提到超8毫米摄影机多是丈夫在使用拍摄，一部分原因也是根据夫妻共同生活里的性别分工而定。1980

年夏天的西班牙之旅，安妮清醒又痛苦地意识到："我在他的生活中已然是多余。"念完这句话，独白便戛然而止，镜头转向一场斗牛表演，呈现在观众面前的是一只逐渐筋疲力尽的公牛，最终躺倒在地，被拖出斗牛场。1981 年，弗朗索瓦·密特朗当选法国总统，整个国家处处洋溢着充满希望的喜悦气息，然而，随着《被冻住的女人》的出版，家庭关系愈发紧绷。次年，二人分开，丈夫带走了超 8 毫米摄影机，把之前拍摄的全部胶片和投影设备，还有两个儿子，留给了安妮·埃尔诺。

时间流逝，胶片在角落里静静地沉睡着，直到很多年后的一天，安妮·埃尔诺和儿子再次观看这些影像。尘封已久的回忆再度开启，镜头里的很多人却早已不在，包括安妮·埃尔诺的母亲和前夫。在安妮·埃尔诺眼中，这些在时代大背景之下于不经意间拍摄的家庭生活碎片构成了一段无声的时光，而这段无声的时光需要用词语赋予意义。于是有了这部《超八岁月》。在纪录片的最后，安妮·埃尔诺用温柔却充满力量的声音动情地说道："这是一个家庭自传的片段。对我而言，这也是一个能让我回望对人生至关重要的那几年的契机，重新找寻一点点洒在过去之上的光芒，一束金色耀眼的光芒，就像那些年乔·达辛在歌曲《秋老虎》中唱的那样。"

《悠悠岁月》中译本出版后，安妮·埃尔诺特别撰写了一篇《致中国读者》，她在文章中提到，我们的语言、我们的历史不一样，但是我们在同一个世界上。无独有偶。在作品合集《书写生活》（2011）的前言中，安妮·埃尔诺写道："既不是我的生活，也不是他人的生活，甚至不是某一种生活。生活的内容对每个人来说都是一样的，但人们以各自的方式经历着：身体、教育、对他人的归属、疾病、哀悼。"纪录片《超八岁月》远非简单的怀旧，它见证了一个女人、一个家庭、一个阶级和一个时代。个体的光芒照亮幽暗的历史，集体记忆构建于个体记忆之上，今日的《超八岁月》与彼时的《悠悠岁月》遥相呼应，成为一本个体与时代的"影像之书"。

2022 年 10 月

"她是一位斗士，一个未来的阶级叛逃者。"

《正发生》：当事件变成写作

2021 年 9 月，由奥黛丽·迪万执导的《正发生》（直译《事件》）获得第 78 届威尼斯电影节金狮奖。金狮奖是意大利威尼斯国际电影节的最高奖项，与法国戛纳国际电影节金棕榈奖、德国柏林国际电影节金熊奖均为电影领域的国际最高奖项。金狮奖自 1949 年设立以来，迄今为止共有 6 位女性导演的作品获奖，此前分别是 1981 年德国导演玛格雷特·冯·特洛塔《德国姐妹》、1985 年法国导演阿涅丝·瓦尔达《天涯沦落女》、2001 年印度导演米拉·奈尔《季风婚宴》、2010 年美国导演索菲娅·科波拉《在某处》、2020 年中国导演赵婷《无依之地》。

奥黛丽·迪万生于 1980 年，是一名黎巴嫩裔法国作家和记者，除了创作小说外，她还参与电影剧本的撰写。2019 年，她转型执导了第一部影片《你疯了》。《正发生》是她执导的第二部影片，改编自安妮·埃尔诺的同名小说。电影讲述了在 20 世纪 60 年代的法国年轻女学生安妮怀孕后想要堕胎的心路历程和行为举动，将女主人公安妮的无助、痛苦、决绝等复杂情绪展现在观众面前。从"4周"到"10周"，随着影片中的数字不断增加，观众也随之一起经历了这场持续近三个月的"战斗"。

之所以影片中的堕胎行为会变得如此复杂，则不得不提及当时的社会背景。在20世纪60年代的法国，法律明确禁止堕胎，《刑法》规定对实施或辅助堕胎行为的相关人员进行关押和罚款。法国女性被迫前往国外堕胎，如果在国内堕胎则必须暗中进行。1971年，包括西蒙娜·德·波伏娃和阿涅斯·瓦尔达等在内的343位女士联名签署了一份《343荡妇宣言》，通过承认自己的堕胎经历来抵抗法国当时禁止女性堕胎的法律。1974年，时任法国卫生部部长的西蒙娜·韦伊向国会提出女性堕胎合法化法案。在重重压力之下，1975年，法案得以通过，也被命名为《韦伊法》。自此，法国女性终于拥有合法的流产权利。

事实上，安妮·埃尔诺的《事件》中的故事情节并非虚构，作家用第一人称的口吻，以自传体的形式回忆了自己在20世纪60年代堕胎的经过。作家曾于1974年在第一部小说《空衣橱》里间接描绘过这段经历，但是没有详细展开，直到2000年，她出版了《事件》。埃尔诺在访谈中表示，多年来这段记忆一直如影随形，紧紧萦绕在她的心头。在接受《人道报》访谈时，安妮·埃尔诺提到当年自己加入了堕胎和避孕解放运动，但是她没有在《343荡妇宣言》上签字，是因为当时她嫁给了一位官员，公开宣布曾堕过胎就好像一颗炸弹。埃尔诺也直言，堕胎的经历以一种极端的方式改变了她的生活，以至于1964年1月20日至21日的夜晚对她来说已经成为某种纪念日般的存在。

无论是此前出版于 1983 年并荣获次年勒诺多文学奖的《位置》，还是出版于 1987 年的《一个女人》等作品，安妮·埃尔诺以其亲身经历为切入口，描摹当时的法国社会图景，她将自己的文字定义为"介于文学、社会学和历史之间"的写作，因而评论界也将其作品视作一种"社会自传"。在女性身份之外，安妮·埃尔诺更关注社会阶级的差异。在《事件》中，安妮必须要堕胎，是因为她要完成学业，只有这样才能逃离原生家庭和原生阶级。她并非一个受害者，相反她是一位斗士，一个未来的阶级叛逃者。正是其作品中呈现的集体性和社会性，使得安妮·埃尔诺不仅在法国备受瞩目，也成为近年来诺贝尔文学奖的有力候选人之一。

在《事件》一书的扉页，安妮·埃尔诺引用了米歇尔·莱里斯的话："我有两个心愿：事件变成写作，写作成为事件。"从克里斯蒂安·蒙吉执导的《四月三周两天》，到伊丽莎·希特曼执导的《从不，很少，有时，总是》，再到奥黛丽·迪万执导的《正发生》，不同国家在不同年代演绎着相似的故事。今天类似的情节仍然在上演：一些国家对堕胎依然有着严格的规定限制，非法堕胎的女性和医生仍面临刑罚。前不久，美国得克萨斯州关于堕胎的新法律生效，波兰一名孕妇因为堕胎限令未能及时终止妊娠而死亡。小说里过去经历事件的"我"和现在正在写作的"我"相互交织，电影中的故事叙事也模糊了背景和时间，一切仿佛"正发生"……

2021 年 12 月

"毕业后我常常在想，如果说南京大学在我身上留下了什么'烙印'，那么其中一定有着对于戏剧的热爱。"

让戏剧发生在城市的每个角落

全球戏剧产业发展的风向标

法国阿维尼翁戏剧节与英国爱丁堡戏剧节和德国柏林戏剧节并称为世界三大戏剧节。每年 7 月，南法小镇阿维尼翁就会摇身一变成为戏剧人的天堂，来自世界各地的艺术家和戏剧爱好者相聚于此。阿维尼翁戏剧节分为"IN 单元"和"OFF 单元"，其中"IN 单元"由官方资助，每年平均上演 50 部剧目，"OFF 单元"面向所有剧团开放，每年平均上演 1500 部剧目。戏剧节期间，阿维尼翁小镇的每个角落都化身戏剧舞台，从大堂剧院到蓝色列车剧院，从教皇宫到街心花园，室内或露天，墙里或墙外，活动期间不仅有传统的戏剧节目，还设置了展览、电影、辩论、朗读会等一系列活动。阿维尼翁戏剧节成为艺术专业人士和普通观众的交流地，被视为全球戏剧产业发展的风向标。

今天我们说起阿维尼翁戏剧节，则一定少不了提到一个人，他就是让·维拉尔。1947年，包括阿维尼翁在内的欧洲各个城镇刚刚走出战火，普通百姓需要重构精神生活，国家迫切希望推动文化艺术的复苏与发展。当时评论家兼收藏家克里斯蒂安·泽沃斯和诗人勒内·夏尔在阿维尼翁教皇宫的大礼拜堂举办了一场当代绘画和雕塑展，让·维拉尔应邀参加。泽沃斯原本希望维拉尔上演一场艾略特的《大教堂谋杀案》，该剧此前已经取得成功，然而维拉尔拒绝了这一想法，他提出要上演三部全新的戏剧，分别是莎士比亚的《理查二世》，保罗·克洛岱尔的《托比和萨拉》以及莫里斯·克拉威尔的《午间露天咖啡吧》。活动于9月4日正式开幕，由于事先没有特别宣传，到场观众非常有限，但这成为阿维尼翁戏剧节的雏形。次年，活动正式更名为"阿维尼翁戏剧节"，时间也从9月改到了7月，并一直延续至今。

1951年，时任法国教育部艺术司副司长让娜·洛朗任命维拉尔担任法国国立大众剧院院长。这也意味着，在此后的十余年间，阿维尼翁戏剧节和国立大众剧院拥有同一个"老板"和同一班"人马"，践行相同的理念，上演相似的剧目。在此期间，阿维尼翁戏剧节不断拓展维度，增加了讲座活动，鼓励艺术家之间以及艺术家和观众之间展开对话。1963年，维拉尔辞去了国立大众剧院院长职务，专心投身于阿维尼翁戏剧节。他开辟了新的剧院场地，比如1967年的加尔默罗会修道院和1968年的赛肋司定会修道院。他不断丰富戏剧节的艺术形式，1966年，莫里斯·贝雅特成立的20世纪芭蕾舞团走进戏剧节，1967年，让-吕克·戈达尔的电影《中国姑娘》在教皇宫荣誉庭院进行首映。然而，1968 年的学生运动对维拉尔造成了沉重的打击，1971 年，他死于心脏病。此后相继几位"掌门人"接手阿维尼翁戏剧节，并带去了新的活力，比如 20 世纪 70 年代设立了"OFF 单元"，2013 年成立了戏剧节唯一永久艺术驻地 La FabricA，等等。2022 年 9 月，葡萄牙籍戏剧艺术家蒂亚戈·罗德里格斯接替奥利维尔·皮担任阿维尼翁戏剧节第八位总监，也是历史上第一位外籍总监。此前，他曾多次受邀参加阿维尼翁戏剧节，特别是他所导演的《樱桃园》曾作为 2021 年开场剧目登上了教皇宫荣誉庭院。

阿维尼翁戏剧节特点

时至今日，阿维尼翁戏剧节不断发展，呈现出以下几个特点：一是原创性，展演期间的戏剧作品大多数都是原创且为首演。二是多元性，集合了戏剧、歌剧、展览、辩论、读书会等多种丰富的形式。三是国际化，以中国元素为例，2011 年至今有 50 多部来自中国的剧目在阿维尼翁戏剧节上演，孟京辉执导的话剧《茶馆》和《第七天》分别亮相 2019 年和 2022 年阿维尼翁戏剧节。值得一提的是，2023 年戏剧节的最大特色之一就是将英语指定为官方语言。四是年轻化，政府出台多项优惠举措来满足青年一代的观剧需求，通过文化熏陶增强青年人的艺术造诣。五是艺术与旅游相结合，借力戏剧节推动城镇的文化和旅游发展，和法国其他城镇相比，阿维尼翁甚至在经济增长上实现了"三周抵一年"的惊人成绩。

阿维尼翁这座小镇历史悠久，很多地标被列入联合国教科文组织世界文化遗产名录。作为曾经的"教皇城"，1309 年到 1377 年间，共 7

位教宗在这里生活。今天，我们可以穿梭在阿维尼翁的老城区，漫步于中世纪的小巷，前往岩石公园俯瞰阿维尼翁断桥，抑或走进教皇宫殿感受历史的厚重。如果恰好赶上阿维尼翁戏剧节，墙面、电线杆、街边橱窗，城市的每个角落都会贴满活动海报，熙熙攘攘，热闹非凡。即使没有办法抽出时间前往阿维尼翁欣赏戏剧节也没关系，只要有足够的耐心，阿维尼翁戏剧节上的一些作品会陆续来到巴黎上演。

我在查资料的时候发现，2023 年阿维尼翁戏剧节开场大戏——法国导演朱莉·德莉凯执导的《福利》，改编自美国纪录片导演弗雷德里克·怀斯曼 1975 年的同名作品。难怪就在阿维尼翁如火如荼举办戏剧节期间，巴黎映像电影院重新放映了这部片子，我挑了一个晚上专门过去观看。全片时长近 3 小时，镜头聚焦美国纽约一家福利所，通过刻画各色人群面临的生活困难（住房、失业、离婚、疾病等），对彼时美国福利制度进行了探究与思考。我在观看纪录片的时候一直在想，它会怎么被改编成一场戏剧。散场后我翻看手册，惊喜地发现这场大戏将在 9 月底来到大巴黎地区的杰拉·菲利浦剧院进行演出，我立刻买好了票。

前面提到的 2021 年阿维尼翁戏剧节开场大戏《樱桃园》也是如此。次年初它便登陆巴黎的奥德翁剧院，法国影星伊莎贝尔·于佩尔饰演女主人公柳鲍芙。同样在 2021 年，法布莱斯·鲁奇尼在阿维尼翁卡尔维博物馆的花园朗读弗里德里希·尼采的文本，演出名为《尼采和波德莱尔》，次年底，他在巴黎工作坊剧院开启了相似的朗读演出，将文本内容从尼采拓展至包括帕斯卡尔·布鲁克纳在内的其他哲学家。有趣的是，

2022 年底，法国导演伯努瓦·雅科的纪录片《由心》专门聚焦于佩尔和鲁奇尼在 2021 年阿维尼翁戏剧节前的准备以及活动期间的表演历程，完美地呈现了当时的场景以及阿维尼翁的城市风光。

我的巴黎剧院地图

如果说每年 7 月，法国的"文化之都"转向了阿维尼翁，那么在平日里，没有哪座城市可以比得过首都巴黎。据称，在过去的 50 年里，巴黎的剧院数量增加了 1 倍，演出数量增加了 5 倍多，如今每周约有 130 个大大小小的剧院上演 300 多场演出。每个剧院风格不同，各有特色。全法共有 6 家剧院属于国立剧院，除了 1 家在斯特拉斯堡，其余 5 家均在巴黎，我最常去的是其中的法兰西戏剧院和奥德翁剧院。很多剧院还设有"分院"，比如法兰西戏剧院其实共有 3 个场所，除了最为人知晓的黎塞留厅外，它在 6 区有一家老鸽舍剧院，在卢浮宫地下购物中心有一家小戏剧厅；同样，奥德翁剧院在稍远的 17 区还有一家贝尔蒂埃工作坊。

蒙马特一带的剧院都不大，比如勒比克剧院、杂技演员剧院、加拉布鲁剧院，尽管演员们都不是大明星，但是他们的表演都很卖力很认真。蒙帕纳斯有一条街道，名叫快活街，街上以及附近聚集了波比诺剧院、大小蒙帕纳斯剧院、蒙帕纳斯快活剧院、左岸剧院、大分号剧院，等等。街道上的小酒馆一家挨着一家，每次演出散场，晚风拂面而过，酒馆里传出来轻快的乐声。在华人区有一家大型购物中心，名叫意大利二号，很多人不知道的是，从主入口进去后，左边的楼梯可以通往地下剧场——13 艺术剧场，那里邀请过法国获奖舞蹈团队，也举办过普鲁斯特朗读会。

9区还有一家专为儿童开设的剧院，名叫天堂孩子剧院，常常上演《绿野仙踪》《彼得潘》等儿童剧，位于5区的穆府塔尔剧院则是巴黎第一家以木偶艺术为特色的剧院。

除了这些剧院外，很多学校也有自己的戏剧社团。我曾经在巴黎高等师范学院的剧场看过两场演出：雨果《吕·布拉斯》改编剧本和原创剧本《甘必大》。每次走进高师的校门，我都会油然而生一股崇敬之感，这里是法国最负盛名的高校，要知道，这里的学生未来可都是法国各行各业的精英和翘楚。学生们的表演精彩极了，丝毫不输剧院的演员。还有一次，平日总是戒备森严的军事学院在内部的活动厅上演了一场音乐剧《摇滚历史》，现场气氛热烈非凡。散场后正好赶上整点亮灯的铁塔，大家纷纷掏出手机拍照，军事学院的工作人员也没有像进场时那样禁止大家拍摄，每个人都沉浸在这场流动的盛宴里。

我尤其喜爱音乐剧。蒙马特的特里亚农剧院曾经举办过法语音乐剧明星音乐会，全场跟着一起合唱《罗密欧与朱丽叶》《摇滚莫扎特》中的经典曲目。这几年，沙特莱剧院先后引入了原版英语音乐剧《第42街》《西区故事》等，而莫加多尔剧院于2005年被收购翻修后也上演了一系列音乐剧，不过大多是改编成法语进行演出，比如持续卖座的《狮子王》。法语音乐剧《星幻》复排选在了塞纳音乐城，《巴黎圣母院》25周年定在了巴黎会议宫，新剧《莫里哀》在巴黎多姆剧院上演。如果想欣赏歌剧或者芭蕾舞蹈，那么一定不要错过加尼叶歌剧院和巴士底歌剧院。

有段时间，巴黎地铁站里贴满了奈飞新剧《笑闯巴黎》的宣传海报，故事围绕一群巴黎脱口秀演员展开，里面提到了玛黑区的分号剧院，这里算得上是脱口秀新人的大本营了。等有一天他们积累了足够的人气，就可以去更大的场地演出，比如在电视剧里，他们的目标就是奥林匹亚音乐厅，盖得·艾马勒、保罗·米拉贝尔等人都曾在这里举办过个人专场。受电视剧的影响，我也想感受一下巴黎的脱口秀。我和朋友在6区一家酒吧听过一场，门票16欧，含一杯酒，一共有4位表演者轮番上台，和电视剧里的情节很像。但是他们说话太快了，很多梗我们都没有听懂。后来我又跑到共和国广场和玛黑区一带，看了几场个人脱口秀专场，虽然每次听懂的笑点不多，但我依然乐此不疲。

戏剧浸润了生活的方方面面

我在不同的剧院看戏，解锁了不同街区的风格，收获了很多美好时刻。在法兰西戏剧院看戏前，我一般会去附近的日韩街逛一逛。如果来到了爱德华七世剧院，则一定要借这个机会去老佛爷商场的美食区买个甜点。贝尔蒂埃工作坊对面就是环境幽静的马丁·路德·金公园，蒙帕纳斯剧院两侧的小酒馆总是熙熙攘攘。共和国广场周围藏着几家小剧院，我发现不远处有家店铺的名字别具一格：Un livre et une tasse de thé（一本书和一杯茶），原来是一间以女性主义为特色的书店和茶室。巴士底歌剧院的演出开场前，我透过7层的落地玻璃窗看到了灿烂的晚霞，散场后我穿过塞纳河走路回家，河面上波光粼粼，远处是发光的铁塔。每次来到蒙马特看戏，总要在开场前去圣心教堂前的空地上俯瞰巴黎城，四周琴声悠扬，乐声回荡。

法国政府大力支持年轻人看剧，推出了很多优惠举措。每周一晚上，法兰西戏剧院会为 28 岁以下的青年人发放免费戏票，当然数量有限，大概有 100 多张，座位视角略微有些遮挡，所以不会在官网出售。戏剧一般在 20:30 开场，换取优惠票的窗口于 19:30 打开。我第一次过去的时候还不明就里，以为踩点到就可以，结果队伍都排到另一条街了，大致数一下，如果排队的人数已经上百，那么就可以放弃了。后来有了经验，我便早早过去，和其他人一样，带一本书边读边等。奥德翁剧院则是在每周四晚上为青年人提供"快乐星期四"免费戏票，需要提前一周在官网抢购，预留的位置往往拥有着全场最好的观剧视角。在我庆祝完 28 岁生日时，我以为自己还可以再享受最后一年福利政策，和往常一样，我带着证件去法兰西戏剧院窗口排队。工作人员说，过了 28 岁生日就不可以享受青年优惠，我需要支付 5 欧元。5 欧元当然不贵，但我还是不免一阵失落，以后看剧就要买全价票了。没想到的是，每个剧院对"28 岁以下"（moins de 28 ans）这个概念的理解不一样。后面我去隶属于法兰西戏剧的老鸽舍剧院买票时，工作人员大概看我长得年轻，便询问我的年纪，我无奈地告诉她我刚过 28 岁，恐怕不能享受青年优惠价了。她说，当然可以啦，28 岁也包含在内，立刻给我打了折扣。

巴黎太适合追星了。伊莎贝尔·于佩尔是我很喜欢的演员，来巴黎前我根本没有想到竟然有机会见到她，而且还是好几次，每次都是不到 1 米的近距离。第一次是 2022 年初，《樱桃园》在奥德翁剧院上演，一想到可以见到我的偶像，我做足了功课，先后读了中文译本和法语译本，又把

B 站上的视频来来回回看了两遍。同年年底，于佩尔又在这里演了另外一个剧目《玻璃动物园》。这两次我都坐在第一排，可以清楚地看见她脸上的每个细微表情。于佩尔不愧是业界劳模，2023 年她的独角戏《玛丽如是说》再次复排，2024 年初她又为观众带来了全新的《贝雷尼斯》。在巴黎，只要有于佩尔的演出，我一定会买票去看！我还在剧院里见到了其他明星，法布莱斯·鲁奇尼、苏菲·玛索、芬妮·亚当、德尼·波达利德斯。有一次，我盲买了蒙帕纳斯剧院的戏剧《时代广场》，开场后发现小男主竟然是法语电视剧《羞耻》里面"小天使"卢卡的扮演者艾克索·奥赫扬。

我在南京大学度过了七年时光，我一直觉得南京大学的戏剧氛围在全国的院校中都是数一数二的，无论是学生剧团"第 II 剧社"还是吕效平老师带的戏剧专业学生，每年学校剧院都会上演好几出剧，其中最响亮的当然是《蒋公的面子》。毕业后我常常在想，如果说南京大学在我身上留下了什么"烙印"，那么其中一定有着对于戏剧的热爱。我在巴黎的这些年陆陆续续看了上百场剧目，这里不仅包括传统意义上的戏剧，还包括歌剧、音乐剧、脱口秀、魔术表演等。我的法语并不好，很多时候都看得一知半解，但是这并不妨碍我坐在剧院里感受戏剧的魅力。久而久之，我拥有了一张"我的巴黎剧院地图"，这些剧院散落在城市的每个角落，而这正是我热爱巴黎的原因之一。

2023 年 7 月初稿

2024 年 7 月再次修改

城市

最重要的，
还是我
真切体验过的
巴黎生活

"我在巴黎实现了我的'重启人生'，就像我的圣诞树一样。"

我的沙漠下雪了

2021 年 1 月，巴黎正值凛冬，周末我窝在家里阅读伊坂幸太郎的《沙漠》。伊坂是我很喜欢的日本作家，早在学生时代，我就读了不少他的书。每一次他的故事都能带给我很多慰藉，让我有力量抵御冬日的寒冷。这一次也不例外。《沙漠》依然是典型的伊坂风格，围绕大学校园里的五人组合展开。他们的名字非常有趣，东堂、南、西岛、北村，凑齐了"东南西北"，再加上一张"幺鸡"鸟井，正好呼应了书中多次提到的麻将。尽管很多人告诉他们，成年人的世界就是一片沙漠，但他们依然想要出去看看。书页翻过，五个人的故事在春夏秋冬间流转，我不止一次感叹：真的很羡慕他们的友谊，真的很想和他们这样的人成为朋友。

如果只是到这里，《沙漠》在我心中和伊坂的其他作品没有太多区别，直到结尾校长说出下面这番话："回想你们的学生时代，感到怀念这没有问题，但是绝不要有比如'那个时候多好啊，那是一片绿洲啊'这种逃避的想法，你们不能这样度过人生。"如果我是在学生时代读的这本书，我可能不会产生这么强烈的共鸣，但是偏偏，我在阅读这本书的时候，已经步入社会快 3 年了，也就是说我已经身处"沙漠"很长一段时间了。这期间我也经历了非常复杂的心情，从最开始的抗拒，到后来慢慢去适应，和解的过程并没有那么容易，刚到"沙漠"的我也曾经想过做一个逃兵，重新回到我以为的绿洲。直到今天，我也没有办法说，最后决定留在"沙漠"一定是正确的选择，但至少我一直努力在内心深处为文学和翻译保留一小块天地。虽然它们对我的工作一点帮助也没有，既不会让我晋升，也不会给我加薪。这样说似乎很功利，可是"沙漠"里的人不就是这么来衡量利与弊、实用与不实用吗？但我总觉得，一片干枯的沙漠该有多无聊？如果能下雪，那不是更好吗？

工作会外派，我在面试的时候就知道了，只不过时间比原计划提前了很多。2020 年 11 月，我从北京出发来到法国。和读书时代不一样，这一次我是过来工作的。有趣的是，每当我背着双肩包走在巴黎的街道上，我都恍惚间觉得自己还是学生模样。下班后我读了很多书，看了很多电影，听了很多讲座，甚至重新回到课堂，上法语课，念艺术史，学习游泳，参加博物馆的工作坊。当我穿过杜乐丽公园走在去卢浮宫学院上课的路上，当我从法兰西公学院的教室听完讲座出来，当我来到巴黎国际大学城绕着各个国家的宿舍楼跑步的时候，很多个瞬间，我仿佛看到，我的沙漠下雪了！

在小学教室上课

每年巴黎市政府都会组织面向成人的课程，分为秋季学期和春季学期，内容包括语言、烹饪、算法、编程、绘画，等等。在有限的名额内，凡是年满 18 岁的成人都可以报名。价格也不贵，以语言课为例，全年 60 小时，费用仅为 160 欧。8 月底我发现法语课开放报名了，其中最高级别的课程是 C1，上课地点在 5 区，距离我家步行半小时，时间是周二和周四的晚上，正好合适。我赶紧进入官网注册账户，提交信息，没有想到这个课程还挺抢手，网站显示报名的人数太多，我暂时处于候补状态，需要等进一步通知。

9 月 17 日收到邮件，所有候选人都需要进行法语能力考试，通过后才有资格上课。考试时间定在 9 月 28 日晚上，如果无法参加，则自动取消报名资格。还好我当晚没有其他安排，便按照约定的时间抵达通知上的地点，然后根据姓名找到指定的教室。大家先坐在座位上答题，交卷的时候和老师简单交流几句，就可以离开了。一周后，我收到通知可以去上课了。我猜应该是很多人报名后没有参加考试，或者是个人语言水平无法达到课程要求，才让我有了这个机会。

上课地点就是之前的考试地点，这里其实是一所小学。老师给每个人发了一张学生卡，让我们回去贴上照片，以后每次进校门的时候，都需要拿给门口的工作人员查验。这时候我突然想起来，我家楼下也有一所小学，晚上经过的时候总能看到一些成年人等在学校门口，他们应该也是来上语言课的吧。我在网站上搜了搜，果然 A1 级别的语言课就开在这所学校。根据官网介绍，整个巴黎有 140 多所学校用作成人课程的教室，尤其以小学居多，我觉得这个主意非常棒，学生放学后，晚上的教室就闲置了，用来给成年人上课便可以发挥空间的利用率。有的学生会把课本留在桌子上，看着眼前厚厚一摞书本，我对自己说，真的变回学生了！

在第一节课上，法语老师先做了一番自我介绍，有同学问他来自哪里，他回答说，巴黎 1 区，完完全全的巴黎人。他说自己虽然没有读过博士，但是有四五个不同的硕士学位。他研究日本艺术，经常去日本旅游，他还和班上的日本同学交流了几句，他的日语说得流利极了。他自然也热爱法国文学，考试那天晚上，他问我为什么会学习法语，我提到了我很喜欢的法国作家帕特里克·莫迪亚诺。他说，你发现了吗，莫迪亚诺在访谈里说话，从来都是断断续续的。回到家，我随手打开《大书店》节目，发现新一期的特辑正好是莫迪亚诺。fin，fin，fin（呃，呃，呃），的确如他所说，作家的言谈中有很多语气词。

在这一期访谈里，主持人还提到了安德烈·马尔罗在法国抵抗运动成员让·穆兰入葬先贤祠时的致辞。巧合的是，就在刚才的法语课上，老师特别推荐了这段讲话，建议我们课后找来听，在他心中，这代表了法语的优美和精妙。上课地点附近就是著名的先贤祠，有次上课途中，我发现先贤祠前面的苏夫洛街挤满了人，四周围着警车，去学校的近道也封了，警察让我从旁边的喷泉绕行。来到教室后，法语老师告诉我们当天是约瑟芬·贝克入葬先贤祠，这也是第一位黑人女性、第六位女性进入先贤祠，称得上是法国年度大事。

国际公认的法语水平分为六个等级：A1、A2、B1、B2、C1、C2，难度依次递增。我在读书的时候已经考过了 DALF C2，所以这门 C1 课程对我来说应该是完全轻松的。我之所以报名这门课，当然不是为了巩固语法知识，而是想要感受一些文化上的碰撞。有次课上，法语老师突然说了句：Voilà！然后他问我们，在你们国家，这个词要怎么翻译呢？别看这么简单的一个法语单词，它夹杂了一种"你看啊""就是这样"的意味在里面，这些复杂情绪要如何在译入语中表达，我思考了很久也没有答案。

最后一节课，法语老师让我们每个人准备一个 exposé（口头报告）。俄罗斯同学为我们介绍了莫斯科的地铁站，还特意打印了几张照片让我们传阅。我看的时候忍不住惊呼：真美啊，这哪里是地铁站，这简直就是美术馆！为期 9 个月的语言课结束后，我仿佛从一场梦里醒过来。之后的日子里，大家偶尔在手机聊天群里分享最近的动态，比如美国同学去北欧旅行，巴西同学搬了新家，日本同学定居瑞典。2023 年夏天，我计划去俄罗斯转一转，当我身处莫斯科地铁站的时候，我突然想起了最后一晚的法语课。记忆突然被唤醒，原来那些属于我的巴黎美好时刻，它们一直都在。

UNESCO 二三事

从大学时代起，UNESCO（联合国教科文组织）一直是我的梦想。研究生二年级寒假，我参加了一个中法青年交流活动，那是我第一次走进 UNESCO 总部，我记住了花园的回音壁，记住了毕加索的艺术作品，记住了庭院里的标语"战争起源于人之思想，故务需于人之思想中筑起保卫和平之屏障"。这次来到巴黎后，机缘巧合我认识了一些在 UNESCO 工作的中国人，他们有的是正式的国际职员，有的是短暂的政府借调，有的是年轻的 JPO（初级专业人员）。有次聊天，听他们说起 UNESCO 开设语言课，我便拜托其中一位朋友把课程信息发给我。

UNESCO 总部位于巴黎 7 区，远远地就能看到飘扬的各国国旗。不过，语言课的上课地点在附近 15 区的附属大楼，很多国家的常驻联合国教科文代表团就在这里工作。和市政府的成人法语课一样，班上的同学来自各个国家，当然他们大多数都在 UNESCO 工作。在这门课上，我也收获了不少文化上的思考。我这次回到巴黎发现，奶茶店犹如雨后春笋般遍地都是，走几步就能遇到一家，所以在介绍各国美食的课上，我和班上另一位中国女生 L 向大家推荐了几家我们常去的奶茶店，我也收获了日本同学推荐的正宗日料店。有一次法语老师让我们介绍一位自己国家的伟大女性，我的第一反应是屠呦呦，L 选择了林巧稚，这个巧合很有意思，或许医学等自然科学领域会比文学艺术领域更能让人联想到"伟大"两个字。还有一次，老师让我们画一张巴黎地图，我发现每个人对巴黎的理解都不一样。比如 L 经常坐地铁，所以她对巴黎的轨道交通了然于胸；Z 热衷于骑车，所以特别了解巴黎的地势起伏，他的笔下便多了很多弧形和曲线；而我没事就去巴黎各大影院看电影，所以我构建的巴黎地图是由大大小小的电影院坐标组成的。

语言课之外，我和 UNESCO 的联系还没有结束。UNESCO 绝非一个戒备森严的机构，它平时会组织面向公众开放的活动，只要订阅新闻后，就可以收到活动通知。我陆续参加过几次，最精彩的无疑要属马友友的大提琴演奏。活动当晚，观众从苏弗朗街的侧门有序通过安检后进入UNESCO。会场的设计宛如一片浩瀚无垠的宇宙，同台的还有欧洲空间局总干事约瑟夫·阿施巴赫和宇航员马蒂亚斯·毛雷尔。主办方在开场前特别告诉观众，演出过程中大家可以随意拍照录像，只要记得静音就好。当悠扬的琴声回荡在大厅，投影屏幕上变换着宇宙的图片，那一刻，科学与音乐得到了呼应。

我在语言课上认识的 L 同学在 UNESCO 下面的国际教育规划研究所（IIEP）工作，我从她那里听到了很多 UNESCO 员工的福利政策。比如，L 同学去非洲出差前需要接种疫苗，直接找 UNESCO 的医生就可以了。运动扭伤脚踝后，她也是请 UNESCO 的医生开的处方，然后去指定地点拍片子，买护具，定期做复健。甚至当她从日内瓦换到巴黎工作，搬家的行李也是由 UNESCO 派人运送，上门的专业人员将房间内的物品分门别类，包好餐盘，归拢衣物，整齐装箱后点对点送到下一站新家。平时，除了语言课之外，UNESCO 还会在中午开设瑜伽、跳操等运动课。当然，一直以来，最让我向往的无疑是 UNESCO 的 7 层餐厅，据说这里视野开阔，景色绝佳，埃菲尔铁塔就在窗边。UNESCO 平时也对游客开放，在网上提前预约即可，如果有朋友来巴黎玩，我总会推荐他们进去看一看。

有次周末，我和几位在 UNESCO 工作的朋友一起去普罗万郊游，这座中世纪小镇在 2001 年被列入联合国教科文组织世界文化遗产名录。开车的路上，坐在副驾驶座位上的我觉得有义务和担任本次司机工作的前辈聊聊天，便借这个机会向他请教了很多和 UNESCO 相关的问题。前辈介绍了很多他的工作，还向我推荐了唐虔老师所著的《我在国际组织的 25 年》。当时我刚刚拿到在巴黎买的汽车，有几个晚上，前辈坐在副驾驶座位上指导我练车，我们就沿着 UNESCO 总部的外墙绕了一圈又一圈。2021 年底，前辈结束了在 UNESCO 的借调工作。后来每次开车驶过 UNESCO 门前的丰特努瓦广场时，我都会想起那年夏天。当我意识到距离我回国的日子越来越临近的时候，我发消息问前辈，你会不会时常怀念在巴黎的时光？前辈回国后没有留在原来的单位，而是从事了和 UNESCO 相关的工作，我听到这个消息后，更加坚定地认为，未来会怎么样，我们都不知道。至于现在，我只要做好当下该做的事情，读书也好，旅行也罢，也许它们有意义，也许没有，就交给时间吧。

周三 "卢浮宫夜课日"

这次来巴黎，我特意把贡布里希的《艺术的故事》带了过来，在巴黎尚未解封的日子里，我把这本厚厚的书读完了。说"读完了"显然不合适，艺术的学习本就是一个常学常新的过程。我之前听朋友说起在卢浮宫学院上课的经历，所以这次回来一直留意这件事。卢浮宫学院隶属法国文化部，自 1882 年成立以来，其使命之一就是向广大公众普及艺术。卢浮宫学院的课程分为两类：一类是颁发文凭的全日制课程，类似于我们的"大学"，学生需要通过入学考试才有资格就读；另一类是面向大众的通识课程，不限年龄和职业，任何人都可以报名。

2022 年 6 月的一天，我打开卢浮宫学院的官网，发现新学期的报名通道已经开放。网站显示有好几门课程可供选择，考虑到我之前没有系统学过艺术史，于是选择了"艺术通史入门"。这门课的时间设置非常人性化，可以从 4 个时间段中进行挑选：周二 18:30 和 20:15，周三 20:15，周四 18:30。当时周一是我的"法兰西剧院日"，周二是我的"UGC 电影字幕日"，周四是我的"奥德翁剧院日"，这样只剩下周三晚上了，于是这一天变成了我的"卢浮宫夜课日"。报名后没几天我就收到了卢浮宫学院寄来的学生卡，凭借这张卡，可以免费参观卢浮宫、奥赛、橘园和德拉克洛瓦博物馆。

终于到 9 月了。下班后，我怀着无比激动的心情出发去上第一节艺术史课。我印象中卢浮宫学院的入口位于杜乐丽花园一侧，从地铁口出来后我便径直朝这个方向走去，但是门口的保安告诉我这里是全日制上课的地方，面向公众的夜课在卢浮宫卡鲁塞尔商场里。没想到，在这个游人如织的地下购物中心，一扇自动开合的玻璃门背后竟然藏着一间巨大的阶梯教室。大家在教室门口有序排队，向工作人员出示学生卡，进去后自由选择座位。我因为视力不好的缘故，选择了靠前的位置。

第一节课后，我起身向出口走去，才发现教室里坐满了人，有面孔稚嫩的大学生，也有头发花白的老人家。经过一位西装革履的中年男士身旁时，我心想，他可能和我一样，刚刚结束了一天的工作赶过来上课。重新做回学生的感觉真好，特别是和大家一起出门搭地铁的时候，像极了读书时代下课后涌向校门口的场景。天气暖和以后，我便选择步行回家，夜幕降临，每次穿过卡鲁塞尔庭院，看着左手边发光的玻璃金字塔，是我在巴黎的美好时刻之一。

法国人很喜欢"搭桥"（faire le pont），比如周五请个假，连上周末两天，就可以拥有一个三天的假期。或许是这个原因，报名周四晚上课程的人相对要少。如果周三晚上我因为加班错过了上课，我就周四晚上过去，和门口的老师说明一下情况，通常他们都会给我一个补课的机会。有时候下班后急匆匆赶过来没有时间吃饭也没关系，阶梯教室外面有一台自助食品售卖机和一台自助咖啡机，可以选饼干或三明治，热巧或浓汤，简单对付一下再进去上课，非常方便。

授课的老师来自各个机构，有的就是卢浮宫学院自己的老师，有的则是法国其他博物馆和美术馆的研究员。时间一天天过去，课程进度从史前文明到希腊文明，从中世纪艺术到文艺复兴，从印象派到当代艺术。我的法语还没有好到可以不费力气理解全部内容的程度，所以每节课老师讲的内容我都是听得一知半解。我倒也没那么在意，对我来说，能够学到一点知识就已经很开心了。在讲埃及文明的时候，老师说埃及石碑都是有颜色的，只是因为时间的缘故而变得模糊不清，后来我在卢克索欣赏神庙的时候总会想起这句话。还有一次，老师提到了法国西南地区的拉斯科洞窟壁画，我立刻在地图上做了标记，后面找了个假期和同事驱车前去参观。上完亚洲艺术的课程后，我再去集美博物馆时，便会留心此前被忽略的展品。我一直坚信没有时光是虚度的，那些晚上的艺术课一定在我身上留下了一些印迹。

我在博物馆修文物

法国大大小小的博物馆和美术馆都会组织艺术工作坊活动，名额往往比较有限，所以想要参加的话，需要多留意活动通知。我参加次数最多的要数卢浮宫的艺术工作坊，先后体验了浮雕制作、油画写生、水彩绘制、泥塑上色等。流程和模式大体一致，集合后老师首先把我们带到要临摹的作品前，让我们近距离观察，在纸上完成草图，然后到卢浮宫近几年新开辟的"Studio！"（工作间）动手创作。其间老师不会给予太多指导和干预，他更期待的是个人的自由发挥。

有了工作坊的体验，我在欣赏一些画作的时候会感到更加亲切。巴黎小皇宫博物馆组织了一场画家泰奥多尔·卢梭的特展，此前我在卢浮宫临摹的作品《橡树群，阿普雷蒙特（枫丹白露森林）》也被借来参展，站在画作面前，记忆一下子被拉回到往昔。我在小皇宫博物馆体验了一次版画制作，跟着老师学习了基本的印刷技法，后来我在法国国家图书馆欣赏德加版画特展时，脑海里就在想象画家是如何小心翼翼操作印刷机，他是否和我一样，也把手上、围裙上弄得满是墨迹。

靠近奥贝维利门有一家香奈儿公司建造的工作坊，名叫 le 19M，其中 19 指代可可·香奈儿所出生的 8 月 19 日，字母 M 则有多重意义：Métiers d'art（手工艺），Mode（时尚），Main（手）。我和小伙伴前去体验了一次植物编织，桌上放了一个篮筐，里面装着各式各样的树枝和藤条，老师简单为我们介绍了一下穿插技法，就把这片场地交给我们了。完成的作品被我带回家摆在了窗台，朋友来我家做客的时候，我都会指着它介绍说：看，我在那里编织了一个春天。

除了待在工作坊里创作外，我一直很期待进行一次街头涂鸦，特别是在巴黎这座随处可见街头艺术的城市。在"街头艺术节"活动期间，我们一群人跟着老师穿过贝西公园，来到一面涂鸦墙前。考虑到我们都没有基础，老师已经提前用黑色喷漆勾勒好了"Festival Street Art"（街头艺术节）的字母轮廓。老师为我们演示了几种喷漆的方法，然后大家一字排开准备创作。我分到了字母"T"，我决定先用蓝色打底，再用黄色勾边，最后又找了瓶红色喷漆画了几颗爱心做装饰。这幅涂鸦的整体效果非常好，完全超出预期，大家纷纷掏出手机拍照留念。几周后，我又路过贝西公园，发现涂鸦墙上已经换成了其他人的作品，这本来就在我的意料之中，所以也不会感到很遗憾，更何况我已经圆了自己的涂鸦梦。

圣但尼圣殿主教座堂有着悠久的历史，其意义也非同寻常，自克洛维一世以来，几乎所有法国君主均葬于此。无奈它位于每每令游客闻风丧胆的圣但尼，我一般很少前往那一带。有次我在网上看到教堂的花园里有石头凿刻活动，便叫着桐桐乘坐地铁 13 号线过去"冒险"。和其他工作坊一样，老师会先介绍相关的背景知识，特别提到了教堂的尖顶在1837 年遭到雷击，1846 年建筑师维奥莱·勒·杜克将之拆除。近几年，"追随尖顶"协会负责重新组装尖顶，本次工作坊活动的指导老师就来自这个协会。我们从图册里选好图案，先用铅笔在石头上画了草图，再用不同的工具从不同的角度凿石头，不知不觉间我的石头块还真有点兔子的轮廓了。毕竟是货真价实的石头，拿在手上还是沉甸甸的。

卢浮宫工作坊的活动会不定期更新，最开始活动完全免费，参与的学员只需要购买博物馆门票，但是这样会面临有些人不懂得珍惜，成功报上名最后却没有出席的情况。在一次工作坊活动中，老师说后面可能会进行调整。2024 年我再去搜索的时候，发现真的开始收费了，当然价格也不高，门票之外只需要支付 12 欧，学生还可以享受 9 欧的优惠价。还是在改革前，有次我发现了一个名叫金继修复的活动，当时网页显示已经人满，但是以我参加工作坊的经验，现场一定有空位。果不其然。所谓"金继"，是一种用金子修复餐盘裂缝的技术。老师是从外面请过来的，她介绍说自己在巴黎开了一家店，还给我们分发了店铺名片。在老师的指导下，我们把破碎的盘子用胶水复原。整个活动持续了一下午，在这期间我不止一次地想到了纪录片《我在故宫修文物》，忍不住感慨从事修复工作的人真的太伟大了。临走前，老师告诉我们，等个两三天，这个盘子就可以拿来盛放食物了。如今，每次在家里看到它，我都觉得很骄傲。毕竟，这可是我在卢浮宫博物馆修的"文物"呢！

上了一半的游泳课

2024 年春天，我突发奇想，决定在巴黎学游泳。市立游泳馆基本都开设游泳课，几番比较后我选择了铁塔附近的埃米尔·安东尼游泳馆。游泳课采取小班授课，每次有 1—3 名学员，可以买单次票，也可以一次性购入 6 张套票，总价是 66 欧，我在前台交完钱后就开始了第一节游泳课。教练让我先尝试扶着游泳池壁的抓手，从泳池的一头走向另一头，再折返回到原点。然后他开始教我几个简单的动作，sur le ventre（背部朝上漂在水面上），sur le dos（腹部朝上漂在水面上），他一直强调，l'eau comprend tout（水明白一切），我后来发现果然如此。

在市立游泳馆上课的一个问题，就是每节课的教练完全随机，但是这样也有一个好处，可以感受不同教练的教学法。第二节课的教练看起来力气很大，他手里拿着一根长棍，让我顺着棍子往水下蹲，努力够到池底。这对我来说有点难度，克服水的阻力可不是一件容易的事。第三节课换成了一位女教练，她开始教我如何换气。通过她的讲解，我才知道头在水下的时候要吐气（souffler），像吹生日蛋糕一样，而不是我之前误以为的憋气。鉴于我是用非母语的语言学游泳，我每次听完教练的指令后，都要再用自己的话重复一遍，以确保我没有理解错误。思考着换气的同时，还要一边蹬腿一边划动手臂，这对我来说实在是太难了。后面几节课我都在练习这种协调性。上课的时间基本上都是早上 7 点，为了学习游泳，我比平时上班提前 2 个小时起床，每次上完课，我还会留下来继续练一会，即使这样，我换好衣服来到公司的时候还没有到上班时间，而我已经觉得这一天过去很久了。果然，时间就像海绵里的水，只要用力挤总是有的。

虽然我的游泳还卡在换气阶段，但是我对自己勇敢迈出第一步已经很满意了。有次游泳结束吹头发的时候，我想起了前一年夏天，从"宇宙中心"看完电影出来，我骑车回家的路上发现有晚霞，虽然不是一大片，但是聊胜于无，我决定去坐摩天轮。可是等我到杜乐丽花园的时候，太阳已经落了一大半，摩天轮入口还在排队，或许等轮到我的时候太阳已经落山了。我告诉自己那就等下一次吧。我会感到难过吗？竟然没有！

因为骑车追逐夕阳的过程本身就已经很美好了，我在桥上收获了大皇宫头顶的落日！人生的很多事情也是这个道理，享受过程就好了，又何必在意最后的结果呢。

重启人生

这次回到法国，我发现近几年一款名叫"Too Good To Go"（好到丢不了，简称 tgtg）的 App 在欧洲流行起来，其宗旨是为了杜绝食物浪费，通常每到晚上，用户可以买到打了五折甚至是三折的食物，包括面包、甜点、菜肴、果蔬，等等。每天商铺发售的数量有限，手机下单后，需要在规定时间内前往商铺领取，每次能拿到什么取决于当日销售的剩余情况，所以我也会把它称作"盲盒"。刚知道这个应用的时候，我抱着猎奇的心态尝试了街区的一家面包店，反正只需要 4 欧元，买不了吃亏，买不了上当。出示手机的取货码后，店员小姐姐递给我满满一大袋，里面有一根法棍、一个梨挞、一份鸡肉沙拉、一个火腿三明治、一个黑麦圆面包、一个杏仁羊角面包，还有一个布里欧修软面包，要不是我实在拿不动了，小姐姐恨不得再给我塞几根法棍。面包放进冷冻柜里可以储藏很久，这个盲盒我足足吃了半个月。

我家不远处有一家评分很高的甜品店，玻璃橱窗正对马路，我每次经过都忍不住多看几眼，进去买一根闪电泡芙或者一块草莓蛋糕。有一天我发现他家也参与了"tgtg"活动，就下了一单。店铺小哥让我在橱窗的甜点里任选两个，这是我第一次遇到可以自行挑选的盲盒店，还和他确认了一下。得到肯定的答复后，我说那我要一个千层和一个泡芙。如果是白天来买这两个甜点，价格是 12 欧元，闭店前只需要 6 欧元。当日没有卖完的新鲜食物不是被丢进垃圾桶，而是有了第二次生命。

旧衣回收也是这个道理。我住的楼栋大厅每隔一段时间就会张贴回收旧衣的公告，往往前一晚大厅角落就堆满了盛放衣服和鞋子的收纳袋。我也参与过一次衣物回收，既帮助我实现了断舍离，又让不再穿的衣物有了新的去处，继续发挥价值。法国流行古着文化，特别是玛黑区一带，遍布着大大小小的古着店。最开始听到"古着"这个词语，我以为都是圣罗兰、香奈儿这样的大牌款式，但其实古着商品价格不一，便宜的只要几欧元。有些耳饰、项链非常精美，只要耐心翻找，总能发现心仪的宝贝。

2021 年 12 月，同事们来我家做客的时候，为我带来了一棵巨大的圣诞树。我把它摆在客厅，还为它装饰了彩灯和彩球，整个家瞬间充满了圣诞气息。有一次在街区散步，我看到一则通知，上面提示节日过后，圣诞树可以放到市政府指定的回收点，回收日期截至 1 月 20 日。1 月中旬，我依依不舍地把这棵圣诞树从家里抱出来，一路走到距离我家最近的回收点——圣梅达广场，把它和其他圣诞树放在一起。市政府发起这个倡议的口号是"Offrez une seconde vie à votre sapin"（给你的圣诞树第二次生命），经过处理后的杉木木屑可以用来铺路，起到抑制杂草生长、保持土壤水分的功能。据统计，每年全法 170 多个回收点可以收集 114000 多棵圣诞树呢！

有一天晚上看完电影回家，两边的店铺都关门了，只有一家花店的灯饰依然在黑夜中发着光。我平时很少买花束和绿植，如果不是同事们为我买了这棵圣诞树，我多半也不会产生抱一棵圣诞树回家的念头。最开始收到这份礼物的时候，我心里想，为什么要送给我一棵圣诞树啊，又重又占地方，为什么不是好吃的甜点或者好看的图书。后知后觉，我才体会到同事们的心思。之后的每个冬天，我都会想起那棵圣诞树，想起大家来我家做客的场景。虽然那晚一起吃饭聊天的同事都陆续回国了，虽然我也从这个家搬走了，但是我已经在巴黎实现了我的"重启人生"，就像我的圣诞树一样。

2024 年 7 月

"这是我的街区，我成了它的一分子。"

克洛德·贝尔纳街 33 号

我这次来到巴黎后经历了宵禁，见证了解封，迎来了自由时刻。从 2020 年 11 月到 2024 年 3 月，我住在巴黎 5 区的克洛德·贝尔纳街 33 号。无论是弗吉尼亚·伍尔夫的《一间自己的房间》，还是德博拉·利维的《自己的房子》，都提到了房间之于女性的意义。从学校毕业后，我只身一人到北京工作，和一起入职的同事合租。巴黎这个家，在某种意义上，是我成年后"拥有"的第一个自己的房子，我的很多文章也是在这间房子里完成的。尽管后来由于种种原因搬离了这里，但我依然常常想起它。

克洛德·贝尔纳街 33 号是一栋 6 层建筑楼，共 12 户人家，我住在 4 层右边的门户。楼栋底层有两道大门，中间的门厅一侧是信箱，另一侧是门房的房间入口。刚到的时候，我只认识楼下的门房女士，她听说我一个人住在这里，特意给我留下手机号码，让我如果有需要就联系她。平时早晨出门上班，经常会看到她在打扫楼梯，或者把清空的垃圾桶拖回楼栋的小院里。每年圣诞节前夕，她还会把门厅布置一番，贴一些装饰来增添节日气氛。

法国老式建筑的隔音比较差，我刚搬进来的时候没有意识到这一点，晚上还是会按照之前的习惯在家里跳操。有一天当我在客厅高抬腿的时候，听见有人敲门，是楼下邻居。她说这几晚总能听到声响，她纠结了几天，决定来和我商量一下。我说不好意思，我没想到会这么吵，要不以后我加个垫子。邻居走后，我想了想，觉得垫子的作用不会很大，就下楼敲门，重新商量对策。邻居邀请我进去参观她家，我发现我做运动的位置就在她的工作桌的上方。我把电话号码给了楼下邻居，告诉她我会多加注意，如果还是吵到她了，那就直接给我打电话吧。

法国老式建筑的电梯也非常狭窄，站3个人就已经很挤了，所以刚到巴黎后，我特意去迪卡侬选了一辆可折叠的自行车，这样才勉强能塞进电梯。平时自行车放在客厅，骑车的时候再搬下去。有一天早上，我拖着折叠自行车等电梯，电梯从楼上下来，里面的邻居姐姐看到我后立刻从电梯里出来说，你坐吧，我走下去。我赶紧说，不用，我等下一班就好了。她坚持把电梯让给我，快步走下楼。时间久了，我和楼上楼下的邻居基本都打过照面。楼栋里如果有人家要在晚上开派对，会提前在电梯门上张贴通知，表达歉意。有次整栋楼突发断电，大家纷纷打开房门，互相确认情况，等待技术工人上门维修。

我在克洛德·贝尔纳街33号生活期间，还有过一些不同寻常的体验。

2021 年夏天，我拿出从超市里买的冷冻榴梿肉和预制酥皮面饼，准备在家做一个榴梿比萨。首先在模具上铺一张饼皮，放上榴梿肉，撒一些奶酪，再盖上另一张饼皮，确保严丝合缝后放进烤箱。等到满屋飘着榴梿的香味，就可以拿出来了。正好是午饭时间，我美美地享用了自己制作的榴梿比萨后，骑着车去河对岸的玛黑区闲逛。等我准备回家，快要骑到楼下的时候，已经是下午 5 点了。我看见门口停了好几辆消防车，周围站了很多穿制服的消防员。再抬头，发现消防车的吊篮就对着我家的阳台。我立刻冲过去询问发生了什么，他们说有邻居打电话反映在楼栋里闻到了燃气味儿，怀疑有人家里燃气泄漏。我说我是这里的住户，请让我上楼。等我打开房门，发现我家客厅窗户上出现了一个巨大的窟窿，地面上全是玻璃碎片。

消防人员对我解释道，鉴于敲门一直无人应答，出于安全考虑，他们只好选择破窗而入了。他们问我是否闻到燃气味儿，我说没有啊，我走之前家里一切正常，我还对他们说我已经有 10 天没有用过厨房的燃气灶了。这时候，我突然想起来上午烤的榴梿比萨，我问他们会不会是榴梿的味儿，我还补充说榴梿核还在垃圾桶里。没想到，他们立刻去翻我的垃圾桶。我当时的心思都在破了洞的窗户上，心想着这要如何是好？等我回过神，发现消防员已经离开我家了。客厅桌子上留下了他们开具的一张纸条，上面以消防站的名义解释了窗户破损的缘由。

在法国，每间房子都需要购买住房保险，作为租户，这也是我每年必须记着的一件事情。按照正常程序，我需要立刻联系住房保险公司，让他们找人修理。然而正值 8 月份，法国人都在休假。同事帮我联系了在巴黎工作的中国师傅，大概过了一个星期，订购的玻璃到货，一切恢复如初。破窗期间，同事问我要不要去她家暂住几天，我谢绝了她的好意。房子窗户破了，我倒没有感到害怕，也没有抱怨，相反，我的第一反应却是法国的消防员竟然这么靠谱。如果真的是有人因为燃气中毒晕倒在家里，他们的这种做法可以说是非常必要的。只不过，这件事情后，我再也不敢在家里烤榴梿比萨了。

从我家出门过马路直行几十米，就是穆府塔尔街，我总是把它称为"我的街道"。街道不算长，但是超市、餐馆、药店、面包店、图书馆、电影院、戏剧厅等一应俱全。很多人是这一带的老住户了，自然和各个店铺的老板相熟。我每次听到老板问前面的顾客"还是和上次一样吗"，就很羡慕他们。我也很想和我的街区建立这样的联系。彼此熟悉，相互信任，买菜之外还能聊上几句，独属于邻里街区的人际联系。

刚到巴黎的时候，有次早上路过街角面包店，闻到了里面飘出来的香气，便忍不住想进去买一个羊角面包。结账的时候，店员告诉我 5 欧元以上才可以刷卡。我当时没带现金，正打算忍痛告诉她，要不等下次吧，没想到她先开口说，没事，你下午或者明天路过的时候再结账就行。本来我下午没有出门的计划，但是为了不辜负他人的信任，我吃完午饭赶紧过来付钱。Picard 是法国知名的冷冻连锁品牌，遍布各个街区，非常适合平时应急。我听说 Picard 推出了亚洲活动，其中有泡菜饼，就跑去穆府塔尔街上的分店打算买来试一试。结账的时候，营业员问我吃没吃过这个泡菜饼，我说还没有，这是我第一次买。她说这个特别好吃，一旁的同事听到后也过来问她，真的吗？你吃过了吗？她说是啊，超级好吃，用家里的烤箱加热一下就行！

阅读完多和田叶子《和语言漫步的日记》，我也开始留意生活中和语言相关的时刻。有一次我走进一家果蔬店，和店铺小哥说完"bonjour"（你好）后，请他帮我挑两个甜菜头，准备回去切块榨汁。我没有着急去结账，拿着甜菜头在店里又逛了一会，还是没有想好再买点什么，这才走向收银台。刚才负责货架的小哥正好轮岗过去收银。小哥看到我说了句"rebonjour"（又见面了，"re"有再次的意思）。那时候我刚到巴黎，还是第一次听到这种说法，比起再说一遍"bonjour"，"rebonjour"这个词语包含着某种"我记得你"的意思。

类似的故事还有很多。一天晚上，我在电影院对面的餐厅点了一份抹茶卷。点单的时候我大概是和服务员小哥随口提了一句，过一会儿我要看电影，所以就不吃主食了。临走的时候服务员小哥说了一句"bonne séance"（观影愉快），我顿了 3 秒钟才反应过来他是在和我说话。后来，随着我在巴黎看的电影越来越多，在主创团队到场的放映活动现场，导演和演员经常使用"bonne séance"来结束讲话，而我的脑海里总会浮现那晚服务员小哥的声调。

康特斯卡普广场位于穆府塔尔街中间，不远处是一家同名剧院。有一次我被橱窗里的海报吸引，就凑近仔细瞧瞧，剧目中除了《追忆似水年华》《坠落》这种名著改编外，有一出剧目叫作《毕加索的邻居》。

剧院工作人员对我说，后面这场戏一小时后就要上演，推荐我进去看，我说很抱歉，我一会有别的安排了。就在这时，来了一位先生，他和剧院工作人员聊起了天，工作人员对我说，这位先生就是这场戏的主演，说完这位先生立刻回应，欢迎你来看戏！我觉得这个场景充满了街区的气息，为了回应演员先生的热情推荐，过了一天，我溜达着到前台买票。剧场设在地下，空间不大，有点像"黑匣子"的感觉，无形中拉近了演员和观众间的距离。

木剑电影院是我心中的"街区电影院"，因为它距离我家只有300米，晚上如果不知道做什么又不想待在家里，我就会过去看一场电影。有一次放映了一场小众影片《拾梦巴黎》，讲述了一位22岁的美国小伙子初到巴黎的经历。我对这种题材总是很感兴趣，我想看看别人眼中的巴黎是什么样子。放映结束后导演和主创到场和观众交流，问及电影的幕后创作，导演说很多镜头都拍摄于2020年宵禁期间，当时除非持有特殊许可，否则不能随意外出，于是才有了屏幕上呈现的空荡荡的康特斯卡普广场。我一眼就认出了这里，这是我的街区，我成了它的一分子。

每到周末，我最大的快乐就是出门赶集，平时空旷的广场或者马路就会摇身一变成为一个临时的集市。集市并非每天都有，一般每周两到三次，每个街区的集市开放时间各不相同，但以周日为最密集。每到周日，我既可以选择5区蒙日广场一带的集市，也可以选择13区奥古斯特·布朗基大道沿线的集市，甚至还可以多走点路，去体验人流如织的巴士底集市。

每个集市各有特色，在我看来，蒙日广场更有秩序，大家依次排队，不争不抢，通常我只要告诉老板，我要买 2 个番茄、4 根香蕉，老板就会亲自挑选，然后称重装袋。我甚至还可以精确地说，我要两个牛油果，一个今天吃，一个明天吃，老板都会有求必应，挑选出软硬合适的蔬果。布朗基大道尽头的摊位多是阿拉伯小贩，他们显然学会了各国语言的简单词汇，我每次经过摊位，都能听见他们用中文大喊"便宜""好吃"，有的时候都要躲着点走。如果再往南一点，白房子一带的集市就更加"可怕"了，这里的居民收入不高，很多是失业人口，集市的价格也相对便宜很多，我有一次路过这里，想着去买一个西瓜，结果只看到摊位前乌泱乌泱的人，我根本挤不进去。

有个周末，我刚读完利维的《自己的房子》，里面有一段她在巴黎吃海胆的描写："那感觉就像在吃外星生物的生殖器。但也很奇怪，它仿佛给我注入了生命力，我甚至开始享受起严酷的冬天，以及凛冽的寒风刮在脸上的感觉。"好奇的我也很想试一试海胆的味道，就走到集市上的一家海鲜摊位。我问摊位老板，可不可以只买一个海胆尝一尝？他欣然同意，帮我把海胆打开，还告诉我最好挤点柠檬汁，我又去隔壁水果摊挑了一颗柠檬。虽然我写不出利维的那番感受，但是海胆入口的滋味确实很奇妙。

买菜也是一个学习法语词汇的机会。国内一直风靡羽衣甘蓝和牛油果混合果汁，我在巴黎买了一个榨汁机后，决定自己来试一试。牛油果好说，羽衣甘蓝要去哪里买呢？而且这个食材的法语要怎么说呢？没几天，我在布朗基大道45号附近的摊位上看到了羽衣甘蓝，牌子上手写着"chou kale"，我激动地对老板说，这几天我一直在找羽衣甘蓝，终于在这里找到了！老板说这是她家自产的，货源充足，我以后有需要都可以来她这里买！

买菜还可以感知时间的流逝。看到绿竹笋上市，就知道春天到了，闻到糖炒栗子的香气，就是时候该加件衣服了。来到巴黎后，每年夏天，我都要吃很多车厘子。2021年8月的一天，我去家门口的水果摊买车厘子，售货小哥说今天是供应的最后一天了。起初我不信，以为是他的销售策略，没想到真是如此。13区的集市上也没有了车厘子的踪影。次日周末，我骑车经过玛黑区的新今日超市，在旁边的水果店发现了礼盒装的车厘子，盒子上标注着"产自德国"，立刻提了一盒回家。隔了几天，我又骑车过去，老板说礼盒库存已经没有了，篮筐里还剩下一些零散的，我看了眼，质量参差不齐。我最后挑了一点，一边挑一边想，这一次真的是这个夏天最后的车厘子了。那一刻我知道，夏天真的要离开了。

意识到夏天正在悄然离去，我开始疯狂抓住她的尾巴。下班后，我以我的街区为起点，在附近绕了大大的一个圈。我走到蒙苏里公园和巴黎大学城，站在儒尔当大道上看到了远处的落日。我走到圣米歇尔大道，又拐到苏夫洛街买了冰淇淋。周围的酒吧街依旧热闹非凡，我看见服务员在门口查验大家的健康码。《午夜巴黎》的男主在影片里说，雨天的巴黎最美。我不得不这么欺骗自己，来迎接即将到来的秋天。我想，我真的很努力地珍惜这个夏天，所以我没有太多遗憾。现在，我可以大声说出来：

在巴黎，我最爱的季节是夏天！我也期待着下一个夏天的到来！

2024 年 7 月

"有了他们作保障，我可以更加安心地享受我的巴黎时光了。"

我在法国看医生

毕业体检的时候，我就知道自己有一点贫血，但没有想到工作几年以后会变得更严重。来到巴黎不到半年，正好赶上公司组织的体检。说是体检，其实就是抽血、B超和心电图，结束后我和同事去郊区农场采摘瓜果。在果园里，我接到桐桐的电话，她是我们体检的联络人，她说刚才体检医师联系她，说我的血红蛋白指标过低，随时有晕倒的危险，他们有义务第一时间让我知晓，还建议我设一个紧急联络人，甚至是住院治疗。我听完后轻描淡写地告诉桐桐不要紧，我在国内就贫血。我比较忐忑的是，在这次体检前，我一直吃着从国内带过来的药，按道理指数不应该这么低啊。所以，看病这件事变得刻不容缓。

读书的时候我一直很抗拒在法国看医生，大概是因为听说费用很贵，尽管法国为学生提供补充医疗保险的福利，但是据说等办好差不多要一年时间，那时候我都已经结束学业回国了，所以之前在法国除了申请长期居留前必须要拍的 CT 外，我几乎没和当地医生打过交道。桐桐开玩笑说：“欠下的债总是要还的。”看来，这一次是逃不掉在法国看病了。

体检医师帮我预约了巴黎美国医院的血液科医生，尽管医院名叫巴黎美国医院，但其实它已经不在小巴黎的范围内，而是坐落在巴黎以西塞纳河畔讷伊市，这里是出了名的富人区，环境清幽，绿树成荫。第一次去巴黎美国医院，我从卢森堡公园门口乘坐 82 路公交车，由于堵车用了 1 个多小时才到。血液科位于 11 号厅，我先向秘书报到，然后坐在外面的椅子上等候。医生从办公室出来，和秘书沟通了几句，然后转向我，问道：Madame LI？（李女士吗？）我点头，跟着他来到办公室门口，他做了一个“请”的手势，让我先进去。坐定后我简单地环顾了四周，办公桌上摆着医生的家庭合照，墙上也装饰着艺术作品，使得这间办公室不会给人冷冰冰的感觉，而是充满温度。我们简单交流了一下病史，医生给我开了抽血单，让我在巴黎美国医院再抽一次血，以确保数值的准确性。他拿出一支笔，对着它自言自语。哦，原来是在录音，我听了听，大概内容是：李女士，患有贫血多年，近日体检结果显示血红蛋白指标过低，等等。治疗贫血不是一件一蹴而就的事情，后来我每隔一段时间就要回到这里复查，每一次我的血液科医生都举止得体，充满绅士风度，好像看病也不是一件痛苦的事情。

我在巴黎做胃肠镜

有很长一段时间，我吃饭非常不规律，心情不好的时候总爱暴饮暴食，不知道是不是这个原因，我的肠胃开始“起义”了，吃进去的东西会忍不住吐出来。起初我没有在意，后来这种情况持续了大半年，桐桐建议我还是去医院看看，于是把她在巴黎美国医院的胃肠科医生推荐给了我。我本意只是想让医生给我开点药，但是等我到了医院，坐在办公室里，医生说最好做个胃肠镜，这样才能知道身体到底有没有问题。在我的概念里，做胃肠镜可算是个大事，我有点犹豫，但为了保险起见，还是听从了他的建议。

我不确定法国各家医院的要求，至少巴黎美国医院的胃肠镜检查需要全麻，术前48小时联系麻醉师。胃肠镜检查安排在周五下午，于是我和麻醉师的视频会面定在了周三下午。麻醉师问我平时有没有什么疾病，我想了想，告诉他我一直贫血。他从电脑里调出我的电子档案，看到了我上次在医院抽血的指标时，露出了无比惊讶的表情。他说，你的贫血情况非常严重，你必须立刻重新去抽个血，我要根据最新的数值确定剂量。当时已经下午5点了，附近的化验室恐怕快要关门了，于是我等到第二天一大早过去排队抽血，当晚通过邮箱收到了结果。

我根据胃肠科医生的要求，周四晚上喝了第一瓶泻药，周五一早又喝了第二瓶。中午的时候，我感觉自己的体内几乎被"掏空"了。桐桐开车陪我去医院，录入信息交完支票后，我就去病房换衣服，等待医护人员把我推进检查室。有人在我胳膊上扎了一针，我就睡着了。后面的事情我一点也不记得了。好像做了一个梦，突然听见有人在喊我：Madame，Madame…（女士，女士……）然后我就醒了。我似乎还保持着入睡前的姿势。我的胃肠科医生过来问我，还好吗？然后告诉我，根据刚才的检查，应该没有什么大问题，他取了活检，15天后可以知道结果。

这时候我发现我的手臂上挂着类似点滴的装置，原来是在给我输铁剂，好让患有贫血的我快速恢复体力。点滴打完后，医护人员把我推回病房。没一会儿，他们给我送来了一个柠檬挞和一小碗水果。我换好衣服，回到胃肠科医生的办公室，医生说为了预防感染，给我开了抗生素。从医院出来，桐桐带我去药店买药，最后又把我送回家。两周后，我收到检查结果，一切正常，悬着的心终于放下了。我要特别谢谢桐桐，在这次检查过程中，她帮了我很多。两年后，慧媛也打算做一次胃肠镜检查，我主动承担了接送和陪同的工作。在病房外等候的时候，我给桐桐发消息说，就像一种"传承"精神，我曾经得到过你的帮助，现在我也可以去帮助别人了。

我的"专属"医生

在法国，除了大医院之外，大家更常去的其实是专科医生的小诊室。到巴黎半年后，突然有一天，我感觉牙齿隐隐作痛。尽管很不情愿在异国他乡看牙医，但是觉得等到回国不知道要猴年马月了，于是掏出手机在线挂号。在法国预约医生也少不了排队等待，牙科和皮肤科等上几个月甚至是大半年都是司空见惯的事情。本着就近原则，我选择了13区戈布兰牙科诊室，一个多月后，我按照预约的时间走路过去。诊室位于一栋居民楼的二层，我在休息室稍作休息，牙医小哥结束了上一位患者的治疗后过来叫我。来之前我还特意准备了几个相关词汇，比如plombage（补牙），carie（龋齿），结果发现完全不需要。牙医小哥看着刚拍好的口腔

X 光片，已经知道该怎么修补了。小哥说，现在开始打麻药，然后在我的口腔里戳了两下。扎针的那一刻是最疼的，后面补牙的时候由于药物作用反而没有痛感了。小哥说一共需要 3 次治疗，他直接为我安排了剩下两次的问诊时间。大约耗时 1 个月，我牙齿的"修修补补"就暂时告一段落了。

过了半年，我又去见了这位牙医小哥，不过这次来只是为了年度检查。结束后他对我说，他要搬离 13 区了，后面这里会由另一位牙医接手，我可以选择留在这里，他特别补充说新来的牙医技术也很棒，我也可以选择去新地址找他。他给了我一张名片，新诊所位于蒙鲁日，虽然是另一个城市，但其实它紧挨小巴黎，地铁 4 号线就可以到。在法国，如果已经和一位医生建立了稳定的联系，多半是不愿意轻易换人的。更何况，我平时和朋友聊天都是"我的牙医小哥说……"，所以我就更不想换医生了。转眼又到新的一年，我骑着自行车去找牙医小哥。他的记忆力简直惊人，他见到我说的第一句话是：好久不见，新地址挺好找吧。我说是的，比我想象中近很多。我又补充道，这是我第一次看你没有戴口罩的样子。他回答道，是啊，之前因为疫情。牙医小哥的手法还是那么温柔，给牙齿清洗完毕后，他对我说：明年见。

在法国生活，几乎每个人都拥有一位负责全科的家庭医生。我的家庭医生是一位温柔的台湾小姐姐。平时如果需要抽血或者做 B 超，都可以找她开处方，然后再拿着单子去做检查。巴黎的冬季天黑得特别早，很多人容易陷入抑郁情绪，这时候就可以去药店购买维生素 D，而这种维 D 由于剂量大，必须凭处方才可以购买。所以每个秋末，我都会拜托家庭医生帮我开处方。有些家庭医生还可以注射疫苗，我的三针九价疫苗也是找她接种的。在巴黎的这几年，我从最开始抗拒看病，到后来陆续拥有了"我的血液科医生""我的牙科医生""我的全科家庭医生"，有了他们作保障，我可以更加安心地享受我的巴黎时光了。

2024 年 7 月

"巴黎这场流动的盛宴啊，请慢点催人醒过来吧！"

在巴黎遇见作家

巴黎不大，想见的人总能见到。这是我来到巴黎后得出的结论。我在很多场合都提到，我最喜欢的法国作家是帕特里克·莫迪亚诺。我的本科论文是他，硕士论文是他，第一篇 C 刊是他，写的书评里也有他。对莫迪亚诺稍做了解就会知道，他绝非一个健谈的人。我来到巴黎后，常常憧憬着会不会有机会见到他？要知道，莫迪亚诺几乎不会组织图书签售会，也很少出席图书节活动。之前一位在巴黎留学的朋友说起曾在卢森堡公园附近见过他，我听到后羡慕极了。没想到，就在我即将结束本次工作任期的时候，惊喜发生了。

那真的是一个非常神奇的周五。我一般出门前都会在包里装一本书，以备无聊的时候可以拿出来翻一翻。那天我选了一本薄薄的《莫迪亚诺的巴黎》。进办公室后，我把它从包里掏出来放在桌子上。午休时间我沿着巴比伦街往乐蓬马歇商场方向走去，竟然在途中看到了莫迪亚诺。

尽管隔着一条马路，但我确定就是他。然而我的下意识反应是他一定不希望被打扰，所以最后我也没有走上前和他说话。擦身而过之后我一直在想，如果刚才我走过去向他表达了我这些年对他的敬仰之情呢？如果我的包里还装着介绍他的那本书就好了！莫迪亚诺真的很高，而且精神面貌也很好。后来我的朋友问我，你都没有打招呼，你怎么确定就是他？我当然确定啦，那可是莫迪亚诺啊！

阿梅丽·诺冬大概可以和莫迪亚诺形成鲜明的对比，我在巴黎见过三次诺冬。第一次是在 2022 年巴黎图书节，她来宣传《第一滴血》。签售开始了好一会儿，然而队伍却一直没怎么移动，等我站的位置可以看见签售台的时候才发现，原来每位读者都会借签名的机会和诺冬聊天，而且这种聊天不是三五分钟的寒暄，有的长达 20 分钟，甚至更久。奇怪的是，后面排队的人也不会催促，仿佛习以为常，也许大家都在想，轮到我的时候，我也要好好和作家聊一聊呢！所以这一场签售，我足足等了 2 个多小时！第二次是在蒙帕纳斯 Fnac（法雅客）商店，当时诺冬在宣传新作《姐妹之书》，在这次活动现场，我留意到诺冬手里总是端着一杯香槟，时不时抿上一口，她也笑称自己根本离不开香槟。后知后觉的我才想起来上次在图书节，她的签售桌上确实也放着香槟。过了一个月，双叟咖啡馆也邀请她前去宣传这本书，我站在人群里听她分享自己的童年往事。最让我感动的是诺冬谈起读者给她写的信件，她如数家珍一般可以记得很多读者的名字。

2020 年法国龚古尔文学奖颁给了艾尔维·勒泰利耶的作品《异常》，

当时巴黎还处在封城时期，各大图书签售活动都处于停办状态。次年秋天，我经过伽利玛书店，看见橱窗张贴的海报上介绍下周三有一个围绕《动物农场》法语译本的交流活动，勒泰利耶也将出席。原来作家为这个全新的译本撰写了一篇序言。对谈时主持人提到，由于英语单词通常短小，所以《动物农场》的原文读起来轻快，相比而言法语单词给人一种沉重之感，还举了个例子，比如很多法语单词都是"ment"结尾，紧接着勒泰利耶说道：Absolument（没错）。全场哈哈大笑。签售环节的时候，我从包里掏出之前买的《异常》，我告诉作家，我很喜欢这本书，还写了一篇中文评论，发表在中国的报纸上。从书店里走出来，觉得秋日晚风都变得轻柔。

我经常在学院路一带看电影，有时候到早了，就会去马路对面的康帕尼书店转转，顺便看看最近有什么签售活动。有一晚是让 - 菲利普·图森宣传他的新书《棋盘》以及他翻译的茨威格《象棋的故事》法文译本。开场前，我在书架前只找到了作家的《自画像（在国外）》，我问店员还有图森的其他作品吗？她说应该都摆在楼下的活动大厅了。我翻了翻这本书的介绍，感觉我会喜欢，便打算一会儿就拿这本书找作家签名。法国作家签字前都会询问读者的姓名，然后郑重其事地写在扉页，加上一两句简短的祝福，再落款签上自己的名字。我把这本书递给图森的时候，告诉他我叫 LI Qi，他听完特别惊讶，他说在他的作品《逃》里面，有一个角色的名字和我一模一样，他一边说着，一边从签售桌上拿起这本书翻给我看。我说："太遗憾了，我还没有读过这本书，那我把它一并买了，您一起给我签个名吧。"图森签完后说："等一等，我要拍个照，这样重名的情况可不多见！"

　　有一次，我得知帕蒂·史密斯要来巴黎举办签售活动，不巧的是活动日期正好和我的冰岛旅行撞在一起。我心里觉得遗憾极了，我的好朋友车车非常喜欢帕蒂，我想为她拿到一本签名书。我决定给书店打个电话，是一位小姐姐接听的，她让我给书店老板写封邮件。她一个字母一个字母报出了邮箱地址，可是我没有分清 m 和 n，以至于第一封邮件发出去后显示查无此人，好在第二次成功了。我在正文里请他们帮我留两本签名书，我说其中一本是送给我的好朋友，她很喜欢帕蒂，她曾经为《只是孩子》的中译本写过一篇长长的书评。我当时心里想，只要我写得足够真诚，老板应该会愿意帮我这个忙吧。书店几乎是秒回我的邮件，说没有问题，他们会为我和我的朋友留两本书。我从冰岛回到巴黎后，立刻骑车去取书。这家书店名叫 EXC Librairie，坐落在莫里哀拱廊里。书店老板在清单上找到了我的名字，从箱子里拿出两本书递给我。我问他这次帕蒂签了多少本，他说书店这里大概有 150 本。回家后我把两本签名书放在茶几上，旁边的平板播放着帕蒂的专辑《Horses》。虽然没有见到帕蒂本人，但是我收获了她的签名本，所以依然非常开心。

　　除了书店外，还有很多可以见到作家的场合，比如法兰西公学院（Collège de France），这是一所免费面向公众传道授业的机构，1530 年由弗朗索瓦一世建立。法兰西公学院的授课领域覆盖数学、物理、化学、生物、医学、哲学、文学、历史，等等。平时我主要关注比较文学领域，授课教师是威廉·马克思，课程内容和时间在官网都有详细介绍。他的课堂往往分为两部分，第一节课由他亲自讲授，第二节课邀请一位客座嘉宾，得益于这种模式，我有幸在他的课上见到了法国作家帕斯卡·基尼亚尔和皮埃尔·阿苏里。他还曾邀请 2006 年诺贝尔文学奖得主奥尔罕·帕慕克做了四场讲座。程抱一的女儿程艾兰在法兰西公学院教授中国史，有一次我看到课表上有一节名叫"阅读庄子"，就跑过去旁听，没有想到是逐字逐句念诵并解释句子大意。法兰西公学院的课程大多在工作日，所以前去听课的以老年人居多，真羡慕他们啊，退休后依然保持着好奇心和求知欲，继续遨游在知识的海洋里。

成立于 1795 年的法兰西学会（Institut de France）也为公众开设主题课程，因日期固定在每周一的晚上，所以也称作"周一讲座"。2024 年春天我参观完法兰西学会后，发现这个机构和索邦大学一道筹备了一个名为"与法兰西学术院院士共度一学期"的学术活动，邀请了 5 位院士为学生做讲座，当然其他人也可以前往索邦大学的阶梯教室旁听。其中一节课的标题吸引了我的注意：《弗吉尼亚·伍尔夫、科莱特、帕蒂·史密斯：三种创造"自己的房间"的方式》。主讲人是法兰西学术院院士尚塔尔·托马斯，她是法国作家和历史学家，其作品《再见，我的皇后》还曾获得 2002 年费米娜文学奖。在讲座中，托马斯直言这三位女性作家里她最爱的无疑是法国作家科莱特。托马斯在介绍伍尔夫的时候提到，1918 年英国女性拥有投票权，而法国女性要等到 1944 年，伍尔夫曾在日记里写过她本人对科莱特作品的喜爱之情。托马斯还回忆了自己年轻时在纽约的留学经历，那一年是 1975 年，那一年帕蒂的第一张专辑《Horses》发行。托马斯说帕蒂给她的第一印象是歌手，直到后来阅读她的作品时才不禁赞叹帕蒂优美的文笔。托马斯还讲了一则关于帕蒂的趣事，帕蒂喜欢在公寓楼下的咖啡店 Café' Ino 写作，这家咖啡店彻底停业后，帕蒂把她平日最喜欢的咖啡桌椅搬到了自己的房间。

我在巴黎生活期间，每年最期待的事情之一就是巴黎图书节，活动通常在 4 月举办，为期三天，每年现场都会安排一系列作家和读者的见面会。排队等待签售的时候，工作人员会在一旁活跃气氛，出几道题目来考考大家。其中一个问题让我印象深刻：给巴黎（Paris）这座城市加上两个字母，它就变成了天堂（Paradis），这句话是谁说的？人群中立刻有人喊道：儒勒·雷纳尔。对我来说，答案是什么已经不重要了，这句话本身就已经很美好了。过去的几年，我在巴黎读了很多书，见到了很多想见的作家，收集了很多弥足珍贵的美好时光。我觉得我有好好珍惜每一天，而这座城市也没有让我失望。巴黎这场流动的盛宴啊，请慢点催人醒过来吧！

2024 年 7 月

> "'自由、平等、博爱'不单单是一句口号，它存在于电影院，存在于戏剧厅，存在于真真切切的日常生活中。"

电影院属于每个人

2021 年夏天，巴黎逐步解封，电影院恢复营业。在 6 月份的"电影院节"活动期间，UGC 连锁影院的电影票只要 4 欧元，要知道平时电影票单价可以达到 13 欧元。以前我在法国读书的时候，去电影院的次数屈指可数，也没有留下什么印象。这次是我回到法国后看的第一场电影，没想到由此开启了我和巴黎电影院的不解之缘。当时 UGC 电影院还不可以选座，座位先到先得。电影票上显示 19:00 开场，我根据国内的习惯，提前 10 分钟到达影厅，找了一个中间的位置就座。19 点一到，屏幕亮了，播放的却是广告，我心想，最多放个 5 分钟吧，结果竟然持续了 20 分钟。有了经验以后，我知道巴黎各大电影院放映前几乎都有 10—20 分钟的广告，所以如果票面写的 20:00 开场，我可能会在 20:10 甚至 20:15 抵达影厅。不过，影片前的广告也编排得很用心，有些是政府的宣传片，号召节约用电，关注学生心理健康，等等，有些是接下来将要上映的电影预告片，看到感兴趣的片子我会立刻在豆瓣上标记一下，有些是香奈儿、路易威登等奢侈品牌的创意短片，总之绝不会让已经就座的观众感到枯燥和无聊。

我特意挑了一部喜剧片，心想应该很容易看懂吧。结果观影的过程中，我还没有反应过来，周围的人已经笑个不停了。影片的整体故事情节我是可以明白的，但是具体到其中的某句话，我就无法完全理解，特别是法国人说话速度飞快的时候，连读加省音，日常俗语加流行词汇，我感觉犹如听天书一般。但是我并没有因此放弃去电影院，相反越挫越勇。为了多去电影院，我办了 UGC 连锁影院的月卡，每月只需要 20 多欧，就可以不限次数地看电影。除了 UGC 连锁影院，这张卡还适用于巴黎其他独立影院。要知道，巴黎每天放映 400 多场电影，所以下班后我从来不用担心没有事情做，反而会为到底要去看哪场电影而感到纠结。

办完电影月卡后，我在使用 App 买票的时候发现，UGC 连锁影院有一些"特殊服务"。以我经常去的 UGC 戈布兰影院为例，一是对坐轮椅的残障人士，电影院有几个影厅是电梯直达，购票的时候可以看见一个轮椅标志，影院会在第一排或最后一排预留出宽敞的空间，便于停放轮椅；二是对听力或者视力不好的人士，影院设置了专门的放大声音或者口述影像的电影场次；三是带字幕的法语电影，这个发现对我来说简直如获至宝。很快我就摸索出了规律，每周二和周五的晚上，电影院会选择两部法语影片配上字幕播放，而且不同影院选择的影片也可能不一样。所以，如果时间和排片合适的话，我可以周五在 UGC 戈布兰影院连续看两场字幕电影，下周二再去 UGC 大堂影院看另外两场字幕电影。

有了字幕，很多我听不懂的句子就以文字形式直观地呈现在我眼前。电影放映前，屏幕上总会出现一行"温馨提醒"：Ce film vous est proposé en version sous-titrée français（VFSTF），意思是：本部法语影片为带字幕版本。每次这个时候，观众席总会发出不同的声音，有人哈哈大笑，有人烦躁不堪，他们买票的时候应该没有仔细留意，其实带字幕的场次都会专门标注出来。和他们不同的是，我最期待的就是带字幕的电影了，我甚至将周二和周五直接命名为"我的 UGC 电影字幕日"。那一刻我明白了，因为我处于"弱势"，需要得到帮助，所以我才更能体会到这种人文关怀的力量。相反，对于法国人来说，法语是他们的母语啊，说得再快他们都能听得懂，当然不需要字幕了。

刚开始发现这些"特殊服务"时，我在想，UGC 如此大费周章，究竟有多少腿脚、听力、视力不好的人前来观影呢？有一次，UGC 大堂影院放映字幕电影，播放广告的时候，我看见坐在我前面的两个人一直在用手语无声地交流着。等到正片开始，屏幕上陆续打出"鸟鸣声""发动机声"以及其他对话的字幕，我发现他们全神贯注地盯着屏幕。还有一次，在 UGC 戈布兰影院，我要进影厅的时候看到前面有一对都坐着轮椅的夫妇，后面的男士正帮前面的女士拉着门，我赶紧上前帮忙。电影结束后，一般来说，普通观众会从另一个专门的楼梯出口离开，残障人士可以重新回到入口，搭乘电梯原路返回。我正要起身的时候，突然想起了刚才那对夫妇。我赶紧回去帮他们开门。我觉得这个小到不能再小的举动是我在巴黎做过的最棒的一件事情了。

电影院属于每个人，剧院也是。2022 年，为了纪念莫里哀诞辰 400 周年，法兰西戏剧院轮番上演了好几场莫里哀作品，每次我都提前阅读中文译本，即使是这样，我也只能听懂个大概。2024 年 3 月，我去法兰西戏剧院看莎士比亚的《麦克白》，入场前发现墙上贴了一张通知，上面写道：从 3 月 1 日起，剧院提供带字幕的眼镜。我走到前台，申请了一台机器和一副眼镜，工作人员告诉我有几种选项：手语、法语字幕、英语字幕以及专为听障人士设计的字幕。工作人员帮我调到法语字幕，还说如果佩戴过程中感到累了，也可以摘下眼镜，直接看机器屏幕上的文字，只不过这样就没办法同时观看舞台了。

戏剧开场了。眼镜确实比想象中要重，加上我本身还佩戴着一副近视镜，稍微有点不方便，但是全程镜片上显示的字幕和舞台上人物的对话始终保持一致，让我惊叹不已。归还机器的时候，我询问工作人员，这个字幕难道是自动的吗？她告诉我，后台有人在实时控制。我看到今晚的申请名单上只有我的名字，便和工作人员确认。她说是的。也就是说，今晚剧院后台一直有一位工作人员负责跟进字幕，仅仅是为了我一个人。法国国家格言"自由、平等、博爱"不单单是一句口号，它存在于电影院，存在于戏剧厅，存在于真真切切的日常生活中。又是被巴黎感动的一天，这座城市真的做到了为每个人着想。

2024 年 7 月

"在巴黎，任何年纪都可以开始学习，任何年纪都可以去追逐梦想。"

美食中的匠心精神

靠近共和国广场的一条巷子里，有一家日本便当店，名叫4M2，它只有周四、周五中午才营业，便当数量有限，而且只能外带。据说老板平时有自己的工作，因为热爱做饭，所以才开了这家店。有个周五，我在附近有点事，结束后赶上午饭时间，我心想，那不如去试一试这家便当店吧。远远地我就看到一面写着"Bento"（便当）字样的旗帜，走近后发现，虽然窗户紧闭，但是可以听见里面忙碌的声响。窗前只有一对小情侣在排队，他们指了指窗台上的篮筐，提醒我要先从里面取张卡。我凑近一看，有的卡片上写着"炸鸡便当"，有的写着"豆腐便当"，排队的人根据想要购买的数量和种类自行领取卡片。如果盒子空了，那就代表今天的便当数量已经售罄。窗台旁还放了一台自助茶水机，供顾客等候的时候免费饮用。

大约过了 10 分钟，窗户里传来一阵《菊次郎的夏天》的旋律，队伍中有人说了句，开始营业。果然，卷帘升起，老板向大家道歉，说今天稍微晚了几分钟。我们排在队伍最前面的 4 个人把卡片递给老板，3 份炸鸡便当，1 份豆腐便当。老板拿出 4 个饭盒依次排开，有序地放上土豆泥、米饭团、黄瓜片、青豆粒。煮熟去壳的鸡蛋被放进机器里一分为二，半颗流心蛋被小心翼翼地摆入便当盒。我想老板心里大概有个秒表，她知道在放胡萝卜前，是时候把炸鸡下锅热一下了。终于轮到给便当铺满炸鸡的环节了。老板在 3 份炸鸡便当里各放了 4 块，我看到后开心极了，这个分量足够多了。没想到一圈之后，她又回到最左边的饭盒，继续添加鸡块，最后每份便当足足装了至少 8 块炸鸡。如此一来，饭盒自然是盖不上的，老板用皮筋简单绕个圈加以固定，把饭盒装进纸袋里递给顾客。其间我不止一次感慨她的细致，哪怕只是一份外带便当，芝麻粒、柠檬片、蘸酱汁，一样都不会少。我刷卡付钱后拿着便当袋道谢离开。不远处有一座小公园，枝头的花朵开得正盛，我找了一张长椅，坐下来享用我的便当。这可以称得上是我在巴黎吃过的最棒的炸鸡了。

费滢的《天珠传奇》入围了第六届宝珀理想国文学奖名单，朋友说其中写到了巴黎，我便找来读了读。同名篇章开头提到了 13 区的 KOK 餐馆，合上书页，我迫不及待就朝店铺奔去。餐馆坐落在 13 区史瓦西大街 129 乙号，在店里坐定，我环顾了一圈周围的布置和装饰，不禁感慨作者的观察真是细致入微："KOK 就这样，污秽的红色桌布，堆在吧台上一叠叠盘子里摆着豆芽薄荷叶金不换泰国芫荽，水滴滴答答流到地上；放了大半天表面已风干的腌洋葱、柠檬、小米辣、蘸酱，随意取用，可能是北越的作风。"要说这家店最大的特点，则是客人一落座，店家就先端上来一大碗肉。对于已经饥肠辘辘的我来说，赶紧一边啃着大棒骨，一边等待着即将端上桌的 Pho。

在巴黎生活的这几年，朋友经常会提议去吃 Pho。这里的 Pho 就是越南粉，一种用大米制成的河粉。通常越南人将这种河粉佐以豆芽、香菜、罗勒，配料除了牛腩、鸡丝、肉丸外，最经典的就是生牛肉了，一碗热气腾腾的粉端上来，先将生牛肉放入汤中焖熟，如此一来口感嫩滑鲜美。在 13 区的史瓦西大街，满是这样的越南粉餐馆。上文的 KOK 只是其中一例，在游客中最具人气的莫过于隔壁的 Pho 14。追溯历史，1975 年，西贡陷落后，一大批越南人开始逃难，法国成为他们的目的地国之一，巴黎 13 区逐渐成为难民的聚集区。他们开始做起越南粉的生意，由于这道菜肴物美价廉，不仅获得亚洲移民的赞赏，还吸引了很多当地的法国人。

13 区的 Bamboo Restaurant 餐馆提供的越南粉里加入了牛百叶，成了店铺的特色和招牌。从史瓦西大街这条主干道拐进一条名叫菲利伯特·卢科特路的小胡同，还能看到入围过米其林的越南粉店 Pho Tai。除了 13 区外，右岸的工艺街区一带是温州人的聚集地，这里有一家开了 20 多年的越南餐馆，名叫 Song Heng，店址建筑是巴黎市内少有保存下来的中世纪木造古屋。多年来餐馆只有两种食物可供选择，其中之一便是越南粉。由于这里曾招待过不少明星，所以每天慕名而来的游客特别多，往往中午还没开门，等候的队伍就已经排得很长了。

一位友邻在豆瓣上发帖，说她正在费朗迪学习甜品制作，每次上完课会有刚做好的成品，她想分享给大家，不知道有没有人感兴趣。作为甜品爱好者，我立刻给友邻留言。学校距离我上班的地方不远，第二天中午，我按照约定好的时间走路过去。在大门口等候的间隙，我看到很多穿着白色校服的学生出来，有的手里提着工具包，有的拎着甜品盒。不一会儿，我看到一个亚洲面孔的女生，正是我的友邻。我们在豆瓣上互相关注了一段时间，这还是我们第一次线下见面。

友邻把她刚刚做好的一袋蝴蝶酥交给我，个个色泽金黄，我迫不及待地尝了一个，酥脆可口。友邻简单为我介绍了一下蝴蝶酥的制作过程，还给我展示了费朗迪的老师在黑板上的板书，上面写着白糖和黄油等原料的配比。之后的大半年时间里，每次有多的甜品，友邻都会给我发消息，问我有没有时间过来取。就这样，我陆续接受了很多来自她的"投喂"：柠檬挞、千层酥、摩卡蛋糕、朗姆巴巴、巧克力榛子蛋糕、巴黎布雷斯特车轮泡芙。由于每次都会收获一大盒甜品，所以我都会拿到办公室和同事们一起分享，他们只要看见我捧着一个盒子，就会心照不宣：哇，是你的甜品师友邻做的吧？

有一次友邻送给我一个蛋糕，上面用巧克力酱写着"Charlotte"，我问她，这是你的法语名字吗？她纠正我说，Charlotte 是这种蛋糕的名称，特指用手指饼和慕斯做的蛋糕。还有一次，她给了我一盒甜品，我感叹了一句，好漂亮的 éclair（闪电泡芙）啊！她告诉我，这个的名字其实是 salambo（萨兰博），这是一种很古老的甜品，现在外面的店铺很少有卖的了，它和闪电泡芙相比，最直观的区别是多了一层焦糖。友邻说，不要小瞧这层薄薄的焦糖，要想保证颜色均匀是非常不容易的。

友邻念的甜品班共 8 个月，采用半工半读模式，在学校上两个星期的课，再去公司实习两个星期，如此交替。友邻的实习地点就在法国知名百货公司乐蓬马歇商场，食品区有一个甜品柜台，每次路过我都在想哪些是出自友邻之手。根据友邻介绍，每天 7 点就开始上课了，为此，作为"夜猫子"的她被迫调整作息，5 点 30 分起床，6 点坐上地铁，到校后换制服、拿工具箱、进教室，每天过得无比充实。国内大多数人只知道蓝带，其实费朗迪在法国的地位完全不输它，而且费朗迪的性价比更高，友邻这个项目的价格只有 1 万欧左右，其他同类知名学校的费用要高达 3 万欧。

除了甜品制作外，费朗迪还提供菜肴烹饪、酒店服务等课程。校园里有两家面向公众开放的餐厅，其中的服务员都是费朗迪的在校生。对于他们来说，这可是宝贵的实践机会。餐厅座位有限，提前 20 天开放预约。我去打卡的第一家餐厅名叫 Le 28，这是因为费朗迪位于格雷瓜尔神父街 28 号，所以餐厅由此得名。当天正好遇上点单系统出现故障，餐厅没办法提供文字版本的菜单，我只能听学生现场报菜名。头盘里有一道"小牛胸腺"（ris de veau），恰好前几天我在别处吃过这道菜，所以立刻听懂了，但是主菜里有一个单词我听了几遍也不知道是什么，就拜托学生在我的手机词典里拼写，发现原来是"鹌鹑"（caille）的意思。这次还赶上了学生的甜品考试，我们需要在品尝完甜品后进行打分，留下意见。

过了几天，我又去打卡了学校里的另一家餐厅 Le Premier，餐厅名字的意思是"第一"，因为它就在楼栋的一层。如果说 Le 28 的服务员是通过高中毕业会考的大学生，那么 Le Premier 则是更加稚嫩的高中生。这次用餐让我印象最深刻的是现场剖鱼表演，学生端上来一条刚烤好的鲷鱼，放在餐桌旁的推车上，然后当着顾客的面一点点剔除鱼刺。法国人认为鱼鳃上的那一小块肉最珍贵，所以会特别挑出来放入盘中。鱼肉淋上酱汁后端到顾客面前，其余的鱼头和鱼尾则拿回厨房另作他用。我们问学生为什么要增加这样一个步骤，他说现在一些高级餐厅都是如此，为了让顾客看到食材的原貌，这个训练对他们来说也是难得的学习机会。

结束后我在费朗迪校园里走了走，正好看见一个班级在拍毕业照。我发消息告诉友邻，我来体验你们学校的餐厅了。友邻说，她的甜品课结束了，最近正在专心准备考试。她还分享了一则好消息，她和朋友在 15 区沃日拉尔路 362 号开了一家店，店名就叫作"362"。餐厅主营越南粉和三明治，友邻亲自制作的曲奇饼干也会在店里出售。我过去用餐那天，友邻在黑板上一笔一画地写着当日特色。看着友邻忙碌的身影，我想起来她曾经说过，她这个项目里有很多人是工作了几年转行过来学习的，她也不例外，她之前念过商科，学过戏剧表演，由于对甜品制作感兴趣，所以报名了费朗迪。在巴黎开一家小店是她的梦想，看着这家凝聚了她很多心血的店面，我真的为她感到高兴。我愈发感觉到，在巴黎，任何年纪都可以开始学习，任何年纪都可以去追逐梦想。

2024 年 7 月

"是这些期待扩大了我的城市版图，让我想不断探索新的街区，走遍巴黎的大街和小巷。"

街头咖啡地图

巴黎有一家需要预约的咖啡店，名叫 Substance Café，为了给顾客留下最好的体验，老板一天只接待 25 位客人，每个人的时长是 2 小时，但实际上可长可短，完全看当日店里的氛围和顾客的时间。到店落座后，老板首先向顾客介绍咖啡店的理念以及当日咖啡选用的豆子品种。通常他会建议第一次到店的客人从一杯浓缩咖啡开始。当然，喝什么喝几杯完全由顾客自行决定。顾客面前放的清单上只有 5 种基础咖啡，墙上的小黑板上还列出了几款精品咖啡，包括很多人慕名过来尝试的巴拿马瑰夏。咖啡店的空间不大，中间是一条长桌，老板站在桌子里面，一边制作咖啡，一边向顾客介绍他所使用的冲煮方法。在这家咖啡店，既找不到方糖，也不提供外带，老板的经营理念是让顾客品尝咖啡本身的味道。一小杯浓缩过后，我又要了一杯澳白，一边喝一边听老板向晚到的客人做介绍，我也算是复习了一遍。老板问我们要不要试一试添加了冰博克牛奶的玛奇朵咖啡。所谓冰博克牛奶，简单说就是牛奶冷冻至冰点以下，再在解冻时去除水分，如此提纯后的牛奶，口感更加香浓醇厚。我们几位顾客听完都跃跃欲试，正如老板所说，这样制作出来的玛奇朵果然多了一丝甜度。我在咖啡店待了 2 个小时，和老板道谢后离开。

　　巴黎每年都会举办咖啡节，一般为期三天，活动现场可以看到来自全法各个城市的咖啡店代表。流连于各家展台，咖啡一杯接一杯，半夜自然是睡不着的，失眠的时候我对自己说，明年坚决不喝这么多了，但是等第二年咖啡节回归，我仿佛失忆了一般，继续品尝咖啡，继续彻夜难眠。就是在咖啡节上，我发现了一款做成巧克力形状的固体咖啡，牌子是 Carré de café，立刻买回来和桐桐分享。有段时间，乐蓬马歇商场开了一家咖啡快闪店，我自然不会错过。店员小哥推荐了当日浓缩咖啡，称这款豆子带着焦糖和椰子的风味，他介绍说他们的咖啡店就在 9 区的殉教者街。我周末常去这条街喝咖啡，但是对这家店却没有印象，便问他是新开的吗？他说，没错，刚开不久，欢迎去店里坐一坐。这几年，法国奢侈品大牌开始进军咖啡行业，路易威登在新桥边开了一家店，咖啡拉花和甜品图案都源自手包的经典纹样，透过玻璃窗可以欣赏到塞纳河的优美风光，引来很多游客争相打卡。圣罗兰在 7 区开了一家艺术空间，除了经营图书和唱片外，还定期举办展览。我去的那个中午是个工作日，店里很安静，书架上摆了很多塞尔日·甘斯布的唱片。和工作人员闲聊的过程中，她问我要不要一杯咖啡，我欣然同意，我说起之前杜乐丽花园附近的圣罗兰咖啡快闪店，工作人员说那里正在整修，估计年底会重新开放，所以这里可以看作它的"延续"。

我的手机地图上标记了巴黎各个街区的上百家咖啡店。距离我家最近的名叫Cofftea，老板是个中国人，说话特别温柔。我第一次去的时候，她向我推荐了摩卡，她说其中的巧克力专门选用了法芙娜品牌，所以口感更为醇厚。店里的墙面上经常更换艺术布展，架子上也放了不少藏书，是个自习的好去处。如果天气好，我会骑车去更远的地方探索新店。在巴士底广场附近的Viahe caphe咖啡店，总能喝到最棒的越南滴漏咖啡。奥伯坎普夫一带新开了一家菲律宾咖啡店，里面有紫薯口味的拿铁。蒙马特的Coeur Coffee Roasters的老板是2023年法国咖啡烘焙第一名，咖啡机上还有老板手写的："生命苦短，喝咖啡要喝好咖啡！"2022年7月的一天，巴黎的气温达到了40℃，我路过14区的Hexagone Café，准备进去点一杯冰美式消暑，意外发现这里的老板竟然是图书《我的咖啡生活提案》的作者陈春龙。圣诞节前夕，我经过13区的意大利美食城，看见招牌上写着"供应冬日拿铁"，拿到后我迫不及待尝了一口，咖啡的苦涩配上燕麦奶的香醇，碧根果的浓郁以及橙花的甘甜，唇齿留香，回味无穷。

2024年初，我在夏特莱一带喝咖啡，当时我在想，如何让这一年的巴黎生活变得不一样。我抬头的时候看到了对面墙上的"外星人"。我掏出手机，下载了软件FlashInvaders，注册了账号，取名叫"LUCIEINPARIS2024"。喝完咖啡我在路上闲逛，一会儿就扫了9个"外星人"。"Invader"直译是"入侵者"，也是这位艺术家的代号，自 1998 年起，他在全球 30 多个国家的街头留下了 4000 多个由马赛克拼贴的"外星人"图案，其中巴黎就有 1500 多个。这些"外星人"出现的位置各不相同，有的很不起眼，藏在巷子的角落里，有的格外醒目，明晃晃地印在旅游景点附近的外墙。今天这些"外星人"已经成为巴黎街头的一个元素，一种象征，一个代表。2014 年，这位艺术家开发了上面这款软件，只要用手机 App 扫描"外星人"，就可以得到积分，进而参与全球排名。2022 年巴黎市政府还专门组织了一场街头艺术主题的展览，其中特别贴了一张"巴黎外星人地图"。那个时候我就听说了这个游戏，身边也有几位同事玩得乐此不疲，但是我从未参与其中。直到今年体验后，才感受到其中的快乐。对我而言，与其说是在收集"外星人"，不如说是在以另一种方式丈量巴黎。

这有点类似我喜欢收集各个可以站在高处俯瞰巴黎的地点，先贤祠、凯旋门、圣雅各塔、埃菲尔铁塔、索邦天文台、圣心大教堂、蓬皮杜艺术中心、春天百货公司露台、杜乐丽花园夏日摩天轮，我曾在不同的季节带着不同的心情登高望远。除此之外，一些高楼的顶层餐厅也可以满足这个愿望，我在蒙帕纳斯大厦的 Le Ciel de Paris 感受清晨的蓝天白云，在阿拉伯文化中心的 Dar Mima 欣赏正在修复的巴黎圣母院，在半岛酒店的 L'Oiseau Blanc 远眺蒙马特高地，在 13 区 TOO TAC TAC 露台收获绚烂的晚霞。有一次和朋友聊天，他说如果路上花费的时间超过喝咖啡本身，他一般就会放弃。而我正好相反，我会觉得路上也很有意思，开车就当练习，骑车就是运动，走路可以看风景，喝到了目的地的咖啡我会很开心，没有喝到我也不会觉得很遗憾。打卡新开的咖啡店，收集各个角落的"外星人"，是这些期待扩大了我的城市版图，让我想不断探索新的街区，走遍巴黎的大街和小巷。

2024 年 7 月

"跟着别人逛巴黎，是在以一种'他者'的视角观察这座城市，让我有机会看到巴黎的不同侧面，发现巴黎的秘密角落。"

城市秘密角落

我在巴黎生活期间，热衷于报名导览参观（visite guidée），跟着本地导游探索各个街区。沿着香榭丽舍大街，感受卡塔尔家族的雄厚财力；漫步皇家宫殿花园，想象当年科莱特生活的图景；穿梭在圣路易岛的街头巷尾，品味这座岛屿的历史与沧桑；沿着"Arago"的路标，从巴黎天文台一路向北，追寻子午线的足迹；打卡各大室内拱廊，两侧遍布书店、餐馆和饰品摊，充满了生活的气息；置身于蒙马特高地，寻找电影《天使爱美丽》中的地标；流连于 13 区的鹌鹑之丘地带，欣赏一幅又一幅街头艺术作品；参观过巴黎国立工艺学院的图书馆，也欣赏了建筑师柯布西耶在巴黎大学城设计的瑞士基金会。

我一直对塞纳河两岸的绿皮箱充满兴趣，之前在 UNESCO 上课的时候，法语老师专门用一节课介绍过旧书商的相关背景。法语单词"bouquiniste"于 1762 年出现在法兰西学院词典中，指代出售或购买旧书

（bouquins）的人。早在亨利四世时期，新桥上就出现了卖图书和册子的流动书商。时至今日，塞纳河畔的绿皮箱已经成为巴黎一道亮丽的风景线。此前一度传出由于2024年巴黎奥运会，这些绿皮箱或将被迫拆除，好在经过抗争，旧书商们胜利了，法国总统马克龙宣布，奥运期间旧书商可以继续在塞纳河两岸正常营业。在2022年巴黎旧书节之际，导游带我们拜访了几位旧书商，和他们攀谈过程中得知，作为旧书商，既不需要缴税，也无须支付租金，但是需要向巴黎市政府提交申请，获得许可才可以营业。我们看到的绿皮箱都是每个摊位的旧书商自行准备的，根据规定最多摆放4个绿皮箱，其中至少3个要用来卖书。而且无论刮风下雨，旧书商每周要至少工作4天，当然了也不会有人过来检查。我们陆续去了好几个摊位，每家都有自己的特色风格，有的是漫画，有的是唱片，有的是海报，有的是侦探小说，等等。转了一圈发现，大多数旧书商都是中老年人，当然也不乏一些年轻人，但是毫无疑问，他们的共同点都是对书籍的热爱，每次和他们聊起货架上的藏书，他们总能滔滔不绝讲个不停。

对于那些平时习以为常的地点，通过导览参观可以了解到背后的故事。有一次在卢森堡公园跑步的时候，我看到一则通知，说下周三公园有一场讲解活动。我按照约定的时间来到集合地点，我以为会讲一讲公园里的雕塑，没想到是围绕公园里的植物展开。讲解员是卢森堡公园的一名园艺师大叔，他告诉我们，公园一共有35位园艺师，花园的日常工作由参议院负责。他还补充说，杜乐丽花园由文化部负责，其他耳熟能详的蒙索公园、蒙苏里公园等则是由巴黎市政府负责，这个区别我之前还真不知道。根据园艺师大叔的介绍，参议院会不定期发布园艺师招聘通知，只有通过竞赛考试的人才有机会上岗，他们的工作时间是早上 7 点半（冬季早上 8 点）到下午 5 点，平均每个月有一个周末也需要上班。由于大部分时间都在室外，所以对园艺师的身体素质提出了很高的要求。以前我只知道卢森堡公园有着"欧洲最美丽的公园"之称，却从未认真思考这个美誉背后是多少位园艺师的辛勤付出，多亏了这次导览活动，此后再逛卢森堡公园的时候，我总会多留意一下园艺师这个群体。

每次走在圣雅各路，高耸的索邦天文台总是格外醒目，让我忍不住多看它几眼。当我发现索邦大学会组织天文台登顶活动，便赶紧报名参加。在向导的指导下，我双手握住望远镜，远方建筑的每条纹路、每个图样在镜头下都清晰可见。其中一座圆顶的建筑看起来很像先贤祠，可是根据位置判断应该不是，我便问向导这是什么地方，他回答是圣宠谷教堂。他这么一说，我倒是有了印象，这座教堂距离我家不远，可是我几次路过都没有走近瞧一瞧。从索邦天文台下来，我赶紧骑车过去。参观结束的时候正好赶上日暮时分，我站在教堂出口朝外面的圣宠谷路望过去，夕阳落在大门栅栏的正中心，余晖向四周铺开，宛若圣光一般。

美丽城是巴黎的一个亚洲人聚集地，治安一直饱受诟病，刚到巴黎的我不敢独自一人踏进这个街区，就报名了一个导览活动，觉得人多可以壮壮胆。导游是一位法国大叔，他特别热爱中国文化，便探索了这条"美丽城的中国美食"参观路线，向我们介绍了董氏豆腐坊的豆浆、乐香居的中式糕点、东东卤味的熟食，等等。他还让我们走进巴黎国际大酒店瞧一瞧，大厅里的酒席桌椅让我有种回到国内三线城市的错觉。一圈下来，我们逛了 1 个多小时，路上好多家店铺的老板都热情地和他打招呼。

导游大叔非常骄傲地告诉我们，他在美丽城街区生活了几十年，他为自己的街区感到骄傲。活动结束后，大叔发给我一张长长的中国餐馆清单，还说下次我来美丽城，一定要告诉他。

巴黎的导览活动覆盖了很多意想不到的场所。一些平日里不对个人开放的公馆，比如苏利公馆、帕伊瓦公馆和波托茨基公馆，可以跟着专业导游进去一窥真面目。医院里也有导览活动，我就曾跟着讲解员参观了沙普提厄医院，这座拥有 300 多年历史的医院如今成为法国乃至欧洲最大的医院之一。这里不仅有门诊楼和住院部，还有小教堂和大草坪，很多家长和孩子坐在绿地上野餐，这个温馨的场景让人暂时忘却了医院治疗病痛的一面。导览活动甚至延伸到墓园，由于"名人效应"，巴黎的几座公墓已经成为游客争相打卡的景点。坐落在巴黎东北方向的拉雪兹公墓，占地面积达到 43 万平方米，跟着导游就免去了迷路的烦恼。王尔德的墓前总是挤满了人，美国游客往往直奔吉姆·莫里森之墓。2022 年因滑雪意外辞世的演员加斯帕德·尤利尔也葬在这里，我站在他的墓前久久说不出话来。

每年"欧洲工艺日"期间，法国各大机构都会组织一些导览活动。2024 年我选择了韦里讷军营，这里归属法国共和国卫队，所以平时很少对外开放。我们先后参观了几个不同主题的工作坊：马鞍护具、头盔和服饰、佩剑和枪支等，问起传承的问题，讲解员也提到了当前的艰难，手工匠本就是一个更为辛苦的行当，技术精湛的年轻人有可能为了更高的收入选择路威酩轩（LVMH）那样的大企业。他说到这里，我想起了前一年参加路威酩轩集团开放日的经历，在迪奥博物馆观摩香水制作，在维尔梦工坊欣赏刺绣工艺，在尚美感受珠宝的迷人魅力，不同的领域诠释着同样的工匠精神。即使是我们习以为常的酒店管理，也包含着不少细节。参观白马庄园酒店的时候，讲解员为我们介绍酒店如何根据客人的喜好提前在房间里摆放礼物，如何在得知客人会带着婴儿或宠物的时候为他们准备玩具，等等。他们还为这次开放日的参观者准备了白马的巧克力，并且在标签上写下了每个人的名字。

2024 年 3 月，为巴黎奥运会特别定制的巨型挂毯终于亮相。这幅长9 米、宽 3.3 米的挂毯由 3 部分、21 种颜色组成，一共使用了 60 公斤羊毛，图案设计师是伊朗裔法籍艺术家玛嘉·莎塔碧。这幅挂毯的编织整整历时 3 年，由戈布兰和博韦两大手工厂共同完成。早在 2022 年，我在参观戈布兰手工厂的时候，就提前看到了这幅挂毯的部分图案。进入工作坊前，讲解员特别提醒我们，由于挂毯制作尚在保密阶段，所以内部不允许拍照。埋头编织的工匠们看到我们一行人便放下手中的针线，和我们交流起来。原来他们属于国家公务员序列，目前的任务就是完成这幅献礼奥运的巨型挂毯。人生中的三年时光只是为了完成一幅挂毯，这听起来真是不可思议。多亏了这次导览参观，我才有机会了解这份职业。跟着别人逛巴黎，是在以一种"他者"的视角观察这座城市，让我有机会看到巴黎的不同侧面，发现巴黎的秘密角落。

2024 年 7 月

"不得不说，巴黎真的是一座充满奇遇的城市。"

一年一度遗产日

每年 9 月最令人期待的无疑是欧洲遗产日，当月的第三个周末，法国各大机构、城堡、博物馆向公众敞开大门。1984 年 9 月 23 日，在时任文化部长雅克·朗的领导下，法国首次启动"历史古迹开放日"，次年在欧洲委员会的推动下发展成为一项欧洲范围内的活动，1992 年更名为"国家遗产日"，2000 年正式命名为"欧洲遗产日"。每年这两天，平时可以进入的博物馆完全不在我的考虑范围之内，我的目标非常明确，那就是抓住这个千载难逢的机会参观法国政府部门。

法国有两个负责教育的部委：一个是国民教育和青年部，另一个是高等教育和研究部，两者的业务以高中毕业会考为界。国民教育和青年部位于巴黎 7 区格勒内尔街，在入口通过安检后便来到一座庭院，正好遇上小学生表演合唱，热闹极了。上楼梯后走进大厅，可以看到一个数字教育主题展览，列举了近年来法国在教育信息化方面的成果。最期待的环节自然是参观部长办公室了。2022 年的国民教育部长是刚上任不久的帕普·恩迪亚耶，他本人是历史学出身，书桌上放了厚厚一摞书。办公室的另一个出口正对着花园，没想到竟然见到了部长本人，我还在一旁观摩了他接受媒体采访的场景。每位参观者在离开前还会收到国民教育部准备的礼物：一本《拉封丹寓言》，这可是法国小学生的必读书目。

离开国民教育和青年部，我便向高教部出发。高教部位于巴黎 5 区，办公地点是巴黎综合理工学院的旧址。与国民教育和青年部相比，少了小学生的熙熙攘攘，高教部安静极了。高教部长名叫西尔维·勒塔约，是位女部长，她的办公桌上堆满了工作文件，一旁还特意立了一个二维码，旁边写道：欢迎扫码关注账号，了解最新动态。在办公室前的过道上，我看到了部长女士，她正在和前来参观的游客亲切交流，当天她穿着一身普通的休闲装，要不是我在电视上见过她的长相，恐怕还以为她也是游客中的一员呢。

法国外交部地处奥赛码头，所以奥赛码头便成了外交部的别称。外交部内设和我想象的完全不一样，装饰精美华贵，宛若一个迷你版的凡尔赛宫，有一个展厅陈列了外交部收到的礼物，我看到了一本中文版的《红楼梦》，心想这应该是我们国家赠送的吧。很多法国人盯着墙上历任外长的照片看，还不忘对他们点评一番。但其实最让我感动的是，在另外一面墙上贴着外交部不同的职业类别介绍，厨师、司机、管家、园艺师、保洁员，等等，每个栏目下面都放上了工作人员的照片，并配上了他们的姓名，甚至在"管家"一栏里，还有两只可爱猫咪的照片，一个叫诺米，另一个叫诺埃，它们"入职"外交部已经好几年了，主要工作就是它们最擅长的抓老鼠。在这里每种职业都得到了应有的尊重。

巴黎市政府的每个角落都是艺术品，不仅有象征主义先驱皮埃尔·皮维·德·夏凡纳的巨幅画作《夏天》和《冬天》，还有学院派画家莱昂·博纳绘制在天花板上的《艺术的胜利》。现场专门邀请了卢浮宫学院的学生志愿者带队讲解，让游客更全面地理解建筑背后的故事。农业部的院子化身一个大型集市，农业高中的师生热情地推销着自己学校农田或菜园里的产品，包括蜂蜜、红酒、奶酪、鹅肝和火腿。我选了一瓶夏朗德地区的葡萄甜酒，由葡萄汁和干邑酿制而成，打算买回家试一试。最让我羡慕的应该是文化部长了，她的办公室里堆满了全法各大艺术展览的画册，包括当时梅兹蓬皮杜艺术中心的法国女画家苏珊娜·瓦拉东特展，卡地亚基金会的澳大利亚艺术家莎莉·加博里特展，等等。

遗产日最抢手的当属总统府爱丽舍宫。我每年都选择爱丽舍宫最早的场次，这样就能在排队上面少花点时间。通过安检来到花园入口，前往官邸的路上陈列了一些照片供游客欣赏，每个人还可以投出宝贵的一票，第二年获奖照片将拥有一块专属展板。终于进入心心念念的总统官邸了，我以为里面的装潢会非常"官场风"，没想到竟然充满了艺术气息，随处可见尼古拉·德·斯塔尔、皮埃尔·苏拉热、胡安·米罗、西蒙·韩泰、赵无极等艺术家的作品。马克龙总统的书桌上还放了一本厚厚的普鲁斯特著作合集。2022 年，每位游客在离开前还可以领取一块亲手敲章的马赛肥皂，留作参观纪念。2023 年当我第二次来到爱丽舍宫的时候，已经轻车熟路，有一种故地重游的感觉。总统府也会借这个机会做一些宣传和介绍，政府邀请了很多工匠艺人，我在巴黎灰色屋顶制作的摊位前停下了脚步。工匠介绍说，当前全巴黎 70% 的屋顶是灰色锌皮屋顶，这缘于 19 世纪中期奥斯曼男爵改造巴黎计划，拔地而起的公寓大楼代替了低矮破旧的房屋，为了减少楼层的增加对建筑整体的压力，新材料锌皮开始用来制作屋顶。一年一度遗产日不仅有机会参观法国政府部门，还可以收获平时没有留意的知识。

这几年的遗产日期间，马克龙总统都在国外访问，虽然没有机会在爱丽舍宫见到总统本人，但是巴黎绝不会缺少偶遇的机会。我和同事在临时大皇宫参观巴塞尔艺术展的时候看到了马克龙总统，农展沙龙、VivaTech 科技展这样的大型活动上，也少不了他的身影。还有一次，我看完电影经过戈布兰手工厂，正好赶上一个家具展的开幕式。看展的时候发现我前面的人正是总统夫人布丽吉特·马克龙，她身边的保安倒也没有表现出"生人勿近"的意思，我还跟在队伍后面听了一会儿总统夫人专属的导览讲解。据说不少人还在塞纳河畔看见小马哥和夫人手牵手散步呢。不得不说，巴黎真的是一座充满奇遇的城市。

2024 年 7 月

"学会开车，可以去更远的地方，看到更美的风景，拥有更大的自由。"

驾驶我的车

2021年6月，我终于拿到了我在巴黎买的汽车。我虽然在大学期间就考过了驾照，但是我在国内从来没有上过路，在巴黎练车这件事便开始提上日程。同事们和我传授了很多经验，他们说，开车就是要胆大心细；他们说，你多开一开就熟练了；他们说，巴黎的司机非常守规矩，应该好好抓住这个机会。尽管内心很想快点学会开车，但是我不知道该怎么迈出第一步，就在这时候，同事书光便提出下班后陪我练车。

起初，我们主要在13区一带练习，以开到陈氏超市为目标，后面慢慢拓展版图，有一次甚至开到了蒙马特高地，来到了一条游人如织的街道。小路非常窄，行人都聚在路上，我不敢按喇叭，只能小心翼翼地前行，等他们意识到后面有车主动站到台阶上的时候我才缓缓开过去。尽管内心忐忑，但是从山顶下来的时候，还是忍不住想要夸一夸自己。七八月份巴黎人都出去度假了，街上的车辆比平时少很多，即使这样，在同事陪伴下练了一个多月车的我，依然不敢一个人上路。

圣诞节前夕，桐桐为了鼓励我独自开车，让我把她送到一个地方，然后再自己开车回家。她总是对我说，你试一试，你可以的。那是我第一次一个人从右岸开回拉丁区。经过先贤祠一带的时候，前面的路由于整修临时变成单行道，但是车辆自带的导航系统没有及时更新，它一直提示我继续直行，加上我平时骑行不受单行道影响，我就默认笔直往前开再左拐就是回家的路了。等我意识到自己在逆行的时候，已经进退两难，只好硬着头皮向前，好在当时没有车辆迎面驶来。

一个月后，在 7 区市政府门前的一个岔路口，导航提醒我右拐，我拐到一半的时候突然觉得，右边这条路这么窄怎么会是双向车道呢，再说我前不久刚被导航坑过，所以我临时决定左转，但是太迟了，车头直接朝着路边的柱子撞上去。我当时大脑一片空白，停在原地不知道如何是好，而后面的司机一直不停地按喇叭。就在这时，路过一位西装革履的先生，他大概看出了我的无助，便停下来指导我，他一边帮我看着后方的车辆，一边让我先倒车，然后告诉我方向盘往哪边打，让我脱离了困境。这起事故比我想象得要"惨烈"，由于撞击，引擎盖打开后无法闭合，白哥使用蛮力掰了掰零部件才勉强合上。我刚刚建立起来的自信心瞬间消失殆尽，为了帮助我走出这起事故的阴影，桐桐提议开我的车去给她家菠萝买猫粮，路上她一直安慰我，刚开始练车这都很正常，多开一开就没事了。

拥有一辆汽车，除了驾驶外，还要考虑日常保养。桐桐的车扎了颗钉子，送去车行维修的时候，我们才知道轮胎要换最好换一对，以确保驾驶时的稳定性。我的车钥匙怎么按也没有反应，书光告诉我应该是钥匙没电了，需要换电池，他还说电子钥匙里藏着一把实体钥匙，下次遇到这种情况可以手动开关车门。慧媛在早高峰出环岛的时候和一辆车发生剐蹭，在法国这种情况双方要下车填写事故单，然后交给各自的保险公司，由保险公司联系修车行。我对桐桐说，如果没有汽车，这些知识或者技能我们本不必掌握。所以，这辆车对我而言究竟是便捷的工具还是沉重的负担？

　　某种程度上，汽车成为维系我和同事关系的纽带。私下里我们叫领导"代驾"，因为无论刮风下雨，只要我们有用车需要，他总会随叫随到，一心为我们着想。平时只要和桐桐出去玩，不管多晚，她总要开车把我送回家，她说的最多的一句话就是，你家和我家就一脚油门的事！我的车技其实是在他们离开巴黎后才被迫练出来的。我慢慢体会到了大家所说的那种掌控车辆的感觉。我不再惧怕开车，甚至喜欢上了开车。我驾驶着我的汽车去东边的文森公园赏花，去北边的蒙马特剧院看戏，去西边的路易威登基金会看展，去南边的克拉马市买得奖的国王饼。说来很奇怪，开车的时候看到的巴黎和走路或骑行的时候看到的完全不一样。学会开车，可以去更远的地方，看到更美的风景，拥有更大的自由。

2024 年 7 月

后记

○

巴黎的夜晚属于我

2020 年 11 月 25 日，我回到了心心念念的巴黎。当时城市仍有宵禁，出门需要填写证明，于是下班后的晚上我就待在家里读书。那段时间，我确实看了不少最新的法语文学作品。我还记得回到巴黎后写的第一篇书评是 2020 年龚古尔文学奖《异常》，文章写好后，我联系了《文学报》的编辑傅老师，隔了一个月后书评见报。怀揣着想要把法语新书推介给国内读者的想法，我后来写了一篇又一篇。2021 年夏天，巴黎解封，电影院恢复营业，我办了一张影院年卡，开启了沉浸于电影的时光。2022 年我遇到了两部非常喜欢的新片：《巴黎夜旅人》和《晨光正好》，很快我写完了影评，发给了《文艺报》的编辑宋老师。2022 年 10 月，法国作家安妮·埃尔诺荣获诺贝尔文学奖，一时在全世界掀起热潮。埃尔诺是我读书期间就很喜欢的作家，我也借着这次机会重新读了她的作品，我抽了几个周末写了好几篇评论文章。2023 年春天，宋老师联系我说《文艺报》打算推出一个新栏目"城市文学地图"，问我想不想写一篇关于巴黎的文章作为栏目开篇,于是有了出现在卷首的《流动的盛宴,永恒的巴黎》。我在其中倾注了很多感情,就像我在文中所写的那样:"在巴黎的这些年塑造了我现在的喜好与品格,我发自内心地想要把这些美好时刻分享给你们。"

豆瓣上有一个条目叫"每天晚上睡觉之前写下当天发生的3件好事",我在这个栏目里留下了500多个条目,它们成为我弥足珍贵的美好时刻的见证。每月的25日,我还会写一篇日记,整理过去一个月的生活碎片,四年下来也积累了近20万字的素材,它们也一并成为这本书第三部分写作的重要基础。我的本硕研究方向是法国当代文学,再具体点,就是围绕"自传/自撰"概念对比进行文本研究。一部作品,即使读者觉得它多么真实,只要作者为它贴上了"小说"的标签,我们就不能将之称为"自传"。类比这个概念,这几年法国文学界兴起一种新的说法"essais-fictions",翻译过来就是"随笔虚构",不妨让我为"我的巴黎生活"贴上这样一个新的标签。这部分文字可能还稍显稚嫩,但绝对是我的诚意之作,我的出发点是希望尽可能以一种轻松的方式去记录生活中的故事。

上面的文字大致交代了这本书为什么是现在这样的结构,我想再说一说书名的由来。2013年9月,我背着重重的双肩包,拖着两件大行李,抵达法国戴高乐机场,开启为期一年的本科交换学习。出发之前,我读完了林达的《带一本书去巴黎》,后来当我真的置身巴黎,亲眼看到了凯旋门、方尖碑、巴黎圣母院,林达笔下的文字变得具象,变得有形,变得鲜活。我在想,要是有一天我也可以写一写我眼中的巴黎呢?《带一本书离开巴黎》这个书名在那时就已经悄然萌芽。如果说之前的法国经历，我大多时间都在外省，看巴黎更多的是以一种游客的视角，那么这一次我总算称得上是在巴黎生活了。当然，我白天有自己的工作，也常常要加班，但是下班后，我可以回家读书、写文章、刷豆瓣，可以出门看电影、看戏剧、看夜场展览，可以沿着塞纳河跑步或骑行，可以打卡好吃的甜品和好看的冰淇淋，可以坐在卢森堡公园对面的酒馆喝一杯，也可以专程找一家推荐餐厅吃一份晚市套餐。那些时刻让我知道，巴黎的夜晚属于我。

就像过去四年里的每一天我都知道，总有一天我要离开巴黎，但总有一天我还会再回来。我这份工作决定了我会和巴黎这座城市分分合合。说实话，这次来巴黎前我从来没有想过自己可以写出这些文章，随着一篇又一篇的累积，我有了想要继续写下去的动力。我的工作和文学或者翻译没有半点关系，写书评这件事就像是《弃猫》一书的译者在后记里写的那样："翻译对我来说，是学生时代模糊的向往，是工作后排除万难的坚持。"2023 年，我身边的几位同事陆续回国，当时我在日记里写道："过去的几年，我之所以可以做我喜欢的事情，写我想写的文章，是因为有人在帮我遮风挡雨，巴黎给了我这一切，其实是巴黎的这些人给了我这一切。"他们教会我在巴黎的街道驾驶我的车，他们也成为这本书出版前的第一批读者。过去的四年，巴黎给了我太多回忆，白昼与黑夜，黎明和黄昏，我都记得。

2024 年 7 月

巴黎